JN411702

The Narrative of Rieno

리이노의 이야기

◇◇◇◇

김강원

* 이 소설은 만화 〈여왕의 기사〉의 남자 주인공인 '리이노'의 시점으로 서술한 작품입니다.
* 작가의 의도를 최대한 전달하기 위하여 작가의 초고를 가급적 그대로 실었습니다.

몇 백 년의 고독보다 견디기 힘든 것

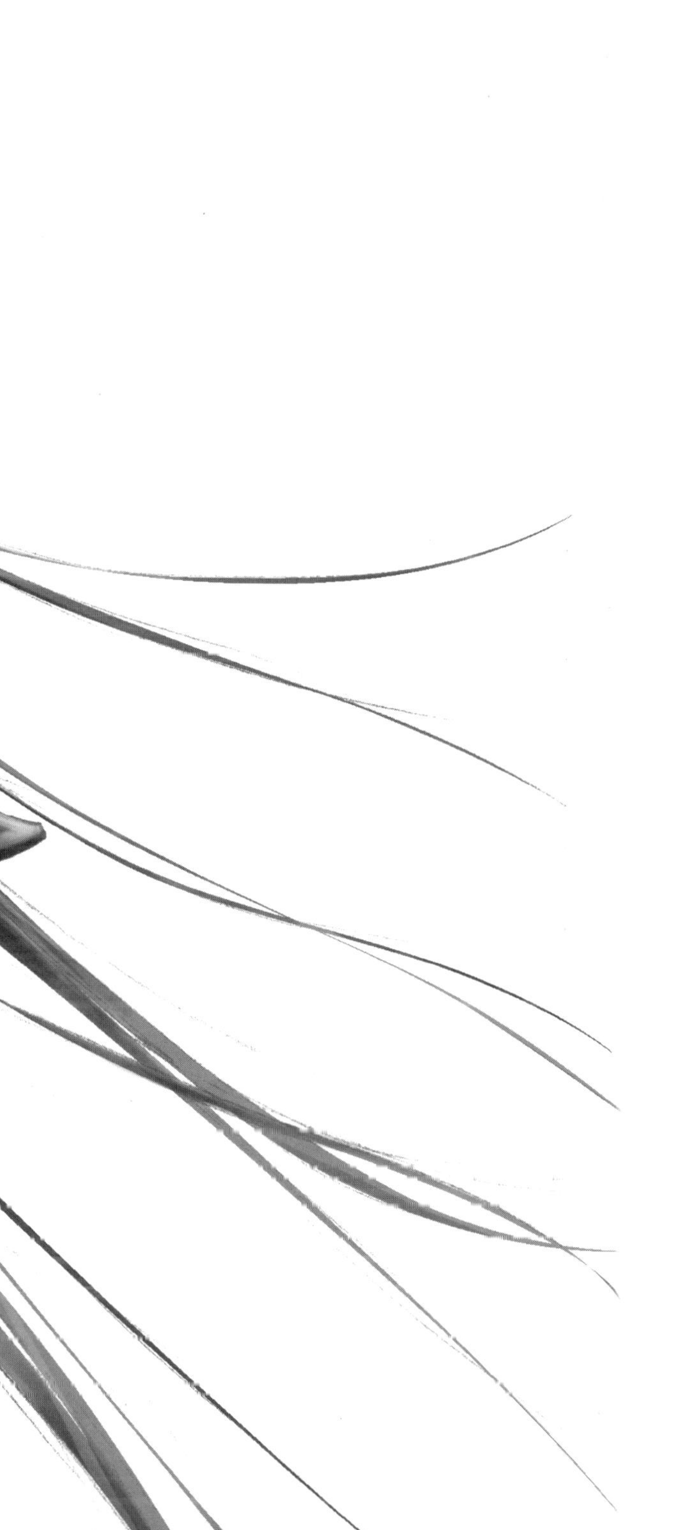

목차

1장	영원히 흐르지 않는 시간	13
2장	단 하루도 조용할 날이 없어! (넌 대체 어떤 아이냐?)	17
3장	몇 백 년의 고독보다 견디기 힘든 것	47
4장	이렇게 기대되는 시끌벅적한 봄의 시작이 있었는가?	53
5장	'너'라는 존재의 즐거움	73
6장	이것은 무슨 감정일까?	89
7장	헉서가 나에게 남겨준 것 - 얼어붙은 심장이 의미하는 것	109
8장	내 마음의 봄	135
9장	얼어붙은 심장을 녹이고…	153
10장	아물지 않는 상처	177
11장	각성	193
12장	너는 나의 영원한 여왕 : 시간의 끝에서	213
후기	작가의 말	246

1장
영원히 흐르지 않는 시간

그것은 정말 우연한 사건이었다.

겨울이 몇 백 년 동안 계속되어도, 아무리 추워도, 세상이 조용하고 고요해도 견딜 만하다. 그렇게 오랫동안을 지내왔고 앞으로도 아마 그렇게 살아가겠지……. 하지만, 신선한 야채나 과일은 꼭 필요하다. 파프너는 그것들이 없으면 견디질 못한다. 말에게는 가끔 신선한 사료가 중요하다.

그래서 평소보다 멀리 갔다. 이(異)세계도 역시 겨울이라 신선한 풀들을 찾는 것이 쉽지 않았다. 사실 그런 이유로 이따금 만난 몇몇 처녀들을 판타스마로 데려가긴 했지만……. 이제는 별로 그런 짓을 하고 싶지 않다. 처녀들을 데려다 여왕을 만들고 판타스마에 봄이 찾아오면 한동안은 나도 즐겁지만 그 뒷감당은 너무 귀찮은 일들의 연속이다. 또 그런 걸 지금까지 몇 번이나 반복하다 보면 이제는 별 감흥도 없다. 인간들이 깨어나든 빛의 종족이 어떻게 되든 내 알 바가 아니다. 그래서 오늘처럼 결계를 많이 벗어나면 초조해진다. 하지만 파프너가 즐거워하면 그 시간도 견딜 만하다.

"그런데……. 이게 대체 무슨 일이야!!!"

하늘에서 아이가 떨어졌다!! 아차차……. 파프너와 움직일 때 결계에 문제가 생긴 모양이다. 죽을 정도의 부상은 아닌 것 같아 간단히 치료해 주고 아이가 정신을 차리면 저쪽 세상으로 데려다주려고 했는데……. 파프너는 이 아이가 마음에 든 모양인지 아이에게서 떨어지질 않는다. 너무나 오랜만에 만난 인간의 아이라 그런가?

심지어 남자아이인 줄 알고 덥석 구했는데……. 여자아이라니!! 머릿속이 혼란으로 가득 찼다. 차가운 눈 속에서 구해 낸 생명이 여자인지 남자인지조차도 모르고, 그저 본능적으로 구하려 했던 그 아이가 이제 여자라는 사실에 놀람과 당혹감이 일었다.

"젠장……. 하필 여자아이라니……. **여왕의 기사는 여자를 구하면 기사의 맹세를 해야 하는**……. 판타스마의 저주가 나한테는 있다고!"

그 저주는 언제나 족쇄처럼 내 운명에 들러붙어 있다. 게다가 지금까지 보지 못한 종족에다 겁도 많고 시끄러운 아이다.

"뭐……. 아직 아이니까 교육도 잘 시키면 괜찮지 않을까? 파프너도 좋아하고……. 귀여운 느낌도 있는 것 같군."

그렇게 마음을 가다듬고, 오늘은 너무 어둡고 일기도 나쁘니, 이렇게 된 이상 여왕의 기사의 맹세라도 해두고, 내일 판타스마로 데려가기로 하고 일단 마을 가까이에 데려다 놓기로 했다. 여자아이의 이름은 **'유나'**라고 한다.

그런데 아이가 없어졌다!!

방심하고 있던 사이에 그 여자아이가 없어졌다. 대체 어디로 간 것일까? 죽은 것 같지는 않다. 기사의 맹세도 했고 이름을 알고 있으니 이세계에 머물러도 나는 그 아이의 존재를 느낄 수 있다. 하지만 데리고 오기에는 너무 멀리 가버린 것 같다. 이런 전개는 상상도 못한 일이라……. 이제 어쩐담…….

게다가 이게 무슨 일인가? 어둠족들이 사방에서 깨어나고 난리를 피우기 시작했다. 그 위세와 늘어나는 속도가 심상치 않아 내 몸이 몇 개라도 못 버틴다……. 이대로 가다간 난 매일매일 어둠족과 싸우는 지옥 같은 일상을 보내야 한다.

이건 단순한 문제가 아니야! 지금 당장 무슨 수를 써서라도 그 여자아이를 빨리 찾아야 한다!

◇◇◇◇

히멀의 수면제를 이용해 여자아이의 꿈속으로 찾아가 보니, 세상에……. 이 징징대는 울보가 내가 기사의 맹세로 책임진 여왕이란 말인가? 어쨌든 울거나 슬퍼하는 걸 막아야 한다. 그렇지 않으면 어둠족들이 계속 늘어나고, 이 아이의 눈물 하나하나가 어둠족들에게는 힘이 될 뿐이다.

판타스마의 여왕으로 임명한 이상 그녀의 감정이 이 세계의 운명을 좌우한다. 모든 방법을 다 동원해 이 울보 여왕의 마음을 달래고 어루만져야 하는데…….

아……. 젠장, 효과는 영 시원찮다. 이게 도대체 뭐야!

2장

단 하루도 조용할 날이 없어!

(넌 대체 어떤 아이냐?)

'이 기척──! 이 기운은──!!'

드디어 유나가 다시 가까이 나타난 것이 느껴진다! 그 아이가 돌아온 거야. 심지어 같은 장소다! 내가 구해줬던……. 바로 그 장소다!

"파프너, 서둘러라. 여왕을 당장 데려오자!! 이번엔 절대 놓치지 않는다!"

데려오기만 한다면 어떻게든 저 아이를 달래는 것도, 정서를 돌보는 것도 훨씬 쉬울 거다!

◇◇◇◇

판타스마에 겨울이 오고 모두가 잠들면 시간이 멈춘 듯 모든 것이 고요하고 바람조차 불지 않는다. 온 세상은 눈으로 덮여 하얗고 소리조차 멈춘 그런 정적의 세계에 오직 나와 파프너만이 깨어 있다.

내가 수금(竪琴)을 만지기 시작하던 것도 그 무렵부터였다. 소리가 없는 세계에 오래 머물다 보면 스스로 소리를 만들고 싶어진다.

이 성안에는 이전의 둥켈 영주들이 엄청난 양의 정보를 모아둔 큰 서고(書庫)가 있다. 그곳에는 판타스마의 거의 모든 자료가 모여 있어, 수금 연주법을 알려주는 책을 찾는 데에 그리 오래 걸리지 않았다. 가끔 저녁이 되면 파프너를 위해 수금을 타기도 했는데, 그러고 나면 기분이 한결 나아진다.

그런데……. 그 고요함은, 그녀가 온 순간 끝났다.

이 소란은 뭔가? 그 여자아이를 성으로 데려온 후부터 하루도 조용할 날이 없다. 아니, 내가 여왕의 기사로서 맹세를 한 그 순간부터 단 하루도 조용할 날이 없었다.

이건 뭐지? 이런 여자애는 처음이다!!

'너무 말을 안 듣는다!!'

'이건…… 정말 '여자'가 맞나?'

'아니, 인간이 맞긴 해?'

'왜 이렇게 말을 안 듣는 거지?!'

아직 아이라 그런가? 식사는 거부, 대화는 일방적, 지시는 무시.

내 호칭을 무엇으로 할지에 대한 것부터 옷 입는 것, 먹는 것까지……. 왜 그런 것들이 논쟁거리가 되어야 하는 거지? 데려오면 쉬울 거라고 생각한 것은 오판이었다. 오히려 문제가 커지고 여왕의 컨디션은 점점 더 나빠지고 있다. 조그마한 게 야생 고양이같이 털을 잔뜩 세운 채 겁도 없이 달려든다.

나는 기본적으로 둥켈 마을 기사로서의 품격과 교양을 가지고 있다. 여왕으로서 깍듯하게 대접도 하고 있는데, 대체 날 뭘로 보는 거지? 심지어 날 유괴범 괴한으로 취급하고 있다.

어디서부터 가르쳐야 하는 건지……. 그나저나 빨리 저 날뛰는 아이를 진정시키지 않으면 오늘도 내일도 어둠족들은 늘어날 테고 분란도 심해질 거다.

그녀가 잠든 밤엔 이 성도, 내 마음도 잠시 고요해지고 평안을 찾지만, 아침이 되면 또다시 전쟁이다.

대체 넌 어떤 아이냐?

하……. 어이가 없다. 설마 이런 일을 꾸미리라고는……. 저 작은 꼬맹이에게 이렇게 당하다니!!! 우선 식품 저장 창고에 난 불부터 끄고 어둡기 전에 유나를 찾으러 나가봐야겠다.

요 며칠 유나는 컨디션이 좋아서 그 영향으로 날씨도 좋았고, 나와 함께 성안을 산책하기도 했다. 나는 유나가 여기에 잘 적응하고 있다고 생각하며 방심하고 있었다. 가끔 밤에 와서 수면제도 달라고 했던 것도, 얌전하게 말을 잘 들으며 공부하는 것도 긍정적인 좋은 징조라 생각했는데……. 감쪽같이 날 속이고 탈출을 하다니! 젠장!!!!

"무슨 짓을 한 거야? 설마 히멀의 수면제를 나뿐만 아니라 파프너에게까지 먹였나?"

대체 생각이 있는 건가? 쟤는……? 아니지, 나야말로 어린애를 여왕으로 데려오면 안 되는 걸 이제야 알게 되다니!!! 다른 놈이 날 상대로 같은 짓을 했다간 뼈도 못 추릴 만큼 작살냈을 텐데. 하지만, 저 아이에게는 그럴 수 없다. **내가 지키기로 맹세한 여왕이 될 아이에게** 감히 그런 짓은 못 하지! 뭐 저러고 나갔으니 충분히 고생깨나 하고 있겠지. 자업자득이다.

쉽게 찾을 수 있을 거라고 생각했는데, 예상보다 눈보라가 너무 거세다. 곧 어둠이 내려앉기 시작할 텐데…….

서둘러 찾지 않으면 차가운 눈 속에서 시체가 되어 있을 게 분명하다. 어둠족들이 유나를 발견하면 좋아하며 갈기갈기 찢어놓을 거다. 아직 봄을 부를 힘은 부족하지만 그래도 여왕이니 완벽한 제물이 되기 딱 좋겠지.

서둘러야겠다……. 젠장……. 왠지 슬슬 초조해지기 시작한다……. 대체 어디로 간 걸까? 설마 산이 보이는 쪽으로 갈 정도로 멍청이는 아니겠지? 평지 쪽을 따라가볼까?

"파프너, 너도 초조하구나? 도와줘~! 유나가 어디로 갔을지 찾아야 해……."

"아!! 저기다!!!!! 얼어 죽은 혼(魂)들이 돌아다니고 있다~~~~!!!! 분명 저기 저 숲 쪽이다!!! 달려라, 파프너."

저기에 죽은 혼들이 미친 듯이 날뛰고 있다는 것은 사냥감이 있다는 뜻이다! 오늘은 좀 쉬려고 했건만 이게 다 무슨 고생인가. 저 아이는 단 하루도 날 가만두지 않는다. 이토록 손이 많이 가고 뒤치다꺼리가 힘든 여왕을 내가 데려온 적이 있었던가? 얘는 여왕으로 즉위하기 전부터 날 고생시키고 있다.

그 순간, 공중에서 헉서의 망토가 휘날리는 게 눈에 들어왔다.

"아이구~~!!! 저 멍청이가!!!! 헉서의 망토가 왜 저기서 돌아다니는 거지?"

"저걸 두르고 나오다니……, 정말 죽으려고 작정했구나!"

조금만 늦어도 큰일 날 뻔했나. 눈바람에 파묻혀가는 그녀를 겨우 찾았다. 얼음처럼 차가운 몸에 숨결조차 끊어질 듯 미약한, 작은 몸…….

"정말 죽을 셈이었나……."

죽음의 혼들조차도 오랜만의 사냥감을 놓치지 않으려고 저렇게 달려들다니……. 나도 싸우느라 조금 지쳤고……. 가까이에 동굴이 있으니, 오늘밤은 당장 거기서 묵어야겠다. 의식을 잃고 있지만, 살아 있는 것이 기적이다. 이 녀석도 온몸이 꽁꽁 얼어서 빨리 체온을 올리지 않으면 진짜 죽을지도 모르겠다.

"파프너, '앉아 있는 황소동굴'로 빨리 가자. 유나가 위험해~~!!!"

화가 났다. 도망친 것도, 나를 속인 것도, 이런 꼴로 내가 찾게 만든 것도……. 발견하면 정말 혼을 내주고 싶었는데…….

막상 내가 마주한 것은 아무 저항도 없이 식어가는 자그마한 아이였다.

"아……. 젠장……! 지금은 다른 생각을 할 때가 아냐. 이 아이의 몸부터 녹여야 해! 불은 나중에 지피고, 우선 옷을 먼저 벗기고 온기를……."

그녀의 어깨를 더듬는 순간. 그제야 느꼈다. 옷 아래 조심스럽게 숨어 있던 선들……. 섬세한 몸, 가느다란 뼈대……. 그리고…….

'아……. 이 녀석……. 진짜……. 여자였지……!!!!'

숨이 멎었다. 나를 향해 대들고 날뛰던 그 아이, 성을 어지럽히던 말썽꾸러기, 어디로 튈지 모르는 무모한 행동으로 성문을 뛰쳐나가 내 가슴을 조여오던 그 존재—. 모두가 이 작은 몸 하나에서 나왔다는 게 믿기지 않았다. 애 같기도 하고 어른 같기도 한 이 존재가……!

정말로, 소녀였다!

한순간, 모든 기억이 덮쳐왔다. 웃고, 울고, 도망치고, 또 돌아오던 그녀의 모든 감정과 몸짓이 지금, 나의 손안에 있었다. 갑자기 심장이 두근거렸다. 그동안 무심코 넘겼던 것들이 이제야 '그녀'로서 다가왔다. 분노도, 놀람도, 감정도……. 맹세 때문이 아니라도, **'지키고 싶다!'** 는 생각이 절로 들었다.

지금, 당장— 이 아이를 다시, 살려야 했다.

'아이라고만 생각했는데…….'

이 종족은 이렇게 부드럽고 깨끗한 피부와 윤기가 나는 머리카락을 가졌군. 길게 자라면 탐스럽고 멋질 것 같다. 머리카락에서 꽃향기가 난다. 어디서도 맡아본 적이 없는, 자연스러우면서도 무심코 방심하게 하는 은은한 향이다. 나쁘지 않군……. 차가운 몸이 따뜻해지니 화가 조금은 가라앉는 것 같았다.

'너도 언젠가 여왕의 저주대로…… 날 좋아하게 되는 걸까?'

설마…….

이 아이가 봄을 부르는 건 정말 앞으로 먼 훗날의 이야기가 될 수도 있겠지…….

◇◇◇◇

그렇다!! 유나가 겁도 없고 시끄러운 녀석이라는 걸 잠시 잊었다.

눈 속에 파묻혀 죽어서 악귀들의 밥이 될 뻔한 걸 구해줬는데 살렸다고 난리다!! 심지어 허락 없이 옷을 벗겼다고 오고불고 화를 내야 할 쪽은 난데!! 네가 나한테 따질 입장이야? 지금? 맘대로 살렸다고……?

내 성에 불을 지르고……. 식료품도 없애버리고, 파프너도 위험할 뻔한 데다……, 내 옷들도 가위로 잘라놓고…….

자기 입장이 지금 어떤지 현실을 깨닫도록 따끔하게 이야기하지 않으면 영 못 알아먹고 포기를 하지 않을 것 같다!

아이라고 생각해서 나도 적당히 이해하고 받아줬는데, 이 녀석이랑 계속 있다가는 자칫하다 내가 더 위험해질 수도 있을 것 같다. 이 녀석은 또 무슨 짓을 저지를지 방심할 수가 없다.

이 리이노를 상대로 이렇게 긴장시키는 녀석이 나타나리라고는……. 꼬마, 심지어 여자아이가…… . 어이가 없다.

"자—!! 네가 선택할 수 있는 길은 두 가지야!! 여기서 내 손에 죽든지, 판타스마에서 행복하게 살아보려고 노력해보든지 양자택일을 해!"

무의미한 사고들, 끝없는 저항, 그리고 그 속에 가끔 비치던 그녀의 따뜻한 웃음과 나를 바라보던 순수한 눈동자.

그 두 가지가 동시에 존재하는 이 아이는 도무지 예측도, 통제도 되지 않았다. 그리고 그렇기에 더 위험했다. 진심이었다. 안 그러면 이 아이랑 더 이상 판타스마에서 공존할 수 없을 것 같다.

◇◇◇◇

그나저나 큰일이다. 우선 식량부터 구해야 하므로 잠시 성을 비워야 했다. 멀리 다녀올 수밖에 없다.

그렇다. 겨울이 길어져서 이세계에서 먹거리를 구해오지 않으면 판타스마에서는 점점 식량이 부족한 상황이라……. 어차피 내가 살아가려면 여왕이 필요한 시기였는지도 모르겠군.

가까운 마을이나 성의 먹거리는 거의 다 바닥이 났고, 좀 먼 거리까지

가서 먹을 것을 구하려면 7일 정도 걸린다. 그 동안 유나는 혼자 성에 있어야 한다. 죽고 싶지 않는 한 또 혼자 도망가거나 하진 않겠지.

그녀를 성에 혼자 두고 간다는 상상만으로도 머리가 아팠다. 할 일도 잔뜩 만들어줬고, 부싯돌도 챙겨줬고 어둠의 검도 하나 맡겨놨으니 걱정 안 해도 되겠지…….

"그나저나 파프너, 너 우리가 성에서 나오기 전에 유나의 표정을 봤어? 싫다고 그렇게 성을 뛰쳐나간 주제에, 막상 혼자 두겠다고 하니까 그 표정은 뭐냔 말이야…?"

입술을 삐죽이며 짓던 시무룩한 표정……. 말로는 "나는 혼자서도 잘할 수 있어!"라고 했지만, 그 속에 불안해하는 모습이 너무도 눈에 빤히 보였다. 그리고 그보다 더한 문제는……. 정말 혼자 잘 지낼 수 있을 리가 없다는 거다.

여잔데 바느질도 못 한다고? 게다가 청소는 하다가 엉망으로 더 어질러 놓지. 요리는 또 어떻고? 냄비를 녹여 먹었다. 도대체 할 줄 아는 게 뭔지……?

그런데도, 왜일까? 이상하게 그 서툴면서도 진지하게 열중하고 있는 모습들이 자꾸 눈에 아른거린다. 소란스러운 아이인데, 어떨 땐 강아지처럼 나를 올려다보는 그 표정에 괜히 마음이 무방비해질 때가 있다.

"세상……. 내가 왜 이런 걱정을 계속하고 있지?"

몇 번이나 '여왕의 기사'로서의 임무를 수행해왔던 내가, 지금은 그 아이 혼자 두고 떠나는 것 하나로 이렇게 마음이 복잡할 줄이야.

'우리가 성에 도착했을 때 또 무슨 사고를 치고 있을지…….'

하지만 그보다 더 무서운 건, 그녀가 아무 일도 저지르지 않고, 조용히 나를 기다리고 있는 상상이다. 그게 더 낯설고, 더 걱정된다.

이건 분명 나답지 않은 일이다. 내가 이렇게 초조하게 성으로 서둘러 돌아온 것은 유나 그 아이가 걱정되기 때문이 아니다!!! 혹시 또 유나가 사고를 쳤을까 염려되기 때문이다!!

유나를 혼자 둘 수가 없다. 언제나 상상을 초월한 사고를 치니까.

왠지 또 어떤 사고를 쳤을지 흥미롭기도 했다. 다행히 날씨도 좋아서 하루 빨리, 6일 만에 도착했다. 그런데 이상하다! 성 주변의 공기가 뭔가 심상치 않다. 죽은 혼들이 성벽을 넘나들며 날카로운 소리와 함께 떠다니고 있다.

헉……. 설마……!! 여기서 어둠의 종족들이 설치고 있다니!! 유나에게 무슨 일이 생긴 것은 아닌지……!

"가자—, 파프너—!"

제길……, 내가 없으니 죽은 혼들이 성안에까지 돌아다니고 있군……!

"유나!"

"유나———!! 어디 있는 거야———?"

목청껏 불러도 유나는 대답이 없다.

평소 같았으면 어디선가 그 아이의 "으악" 같은 비명소리나, 넘어지거나 혹은 물건을 떨어뜨리거나 망가지는 소리가 들려야 하는데…….

"유나———!!!"

왜 대답이 없지? 여왕에게 무슨 일이 생기면 나도 느낄 수 있었을 텐데……. 그런 낌새는 없었다. 떨리는 마음을 누르며 다급하게 유나가 머물던 방문을 열자, 방 한가득 온통 촛불을 켜두고 구석에서 검을 끌어안은 채 눈을 동그랗게 뜨고 떨며 앉아 있는 유나가 있었다. 그녀의 눈빛에는 두려움과 결단이 엇갈리고 있었다.

"대체…… 거기서 뭐 하는 거야? 촛불들을 있는 대로 다 켜고."

"내가 두려워하거나 약해지면 눈보라가 치거나 한다고 했잖아……."

유나는 떨리는 목소리로 대답했지만 그 안에는 결연한 의지가 담겨 있었다. 도망치고 싶은 본능과, 버티겠다는 결단. 혼란과 저항, 그리고 날 위해서……? 이 아이는 본인이 두려워하거나 약해지면 눈보라가 일지 모른다면서……. 계속 이러고 있었던 건가? 억지로 용기를 내어 나를 기다리며…….

"리이노가 사람이건 유령이건 상관 안 해. 하지만, 혼자 있는 건 싫단 말이야……"

나는 조용히 그녀 앞에 앉아 그녀를 안아주었다.

"나는 여기 있어."

지금까지 많은 여왕들이 곁에 있어 달라거나, 때로는 울면서 나에게 매달렸지만, 나는 그런 말에 마음이 흔들리거나 동요된 적이 없었다. 그런데 조금 전, 유나로부터 '혼자 있는 것이 싫다'는 말을 들었을 때…… 왜였을까? 마음 한 켠이 조용히 일렁였다. 낯설면서도 이상하리만큼 거슬리지 않는 이 기분은…… 대체 무엇일까?

이 아이의 말은, 가끔 의외로 기분 좋은 수금 연주처럼 들릴 때가 있다. 아직 한 번도 들어본 적 없는 수금의 선율 같다. 처음엔 거슬리고 긴장을 흐트러뜨리는 잡음처럼 느껴졌지만 지금은 오히려 그 울림이 내 마음 깊은 곳을 두드리며, 이상하리만큼 조용히, 서서히 스며들고 있다. 날카롭게 서 있던 긴장을 누그러뜨리고, 무심했던 감정을 부드럽게 녹여낸다. 나를 무장 해제시키고, 기분을 좋게 만드는 묘한 구석이 있다.

유나는 모르는 것도 많지만 아는 것도 많은 신기한 아이이다.

나는 긴 겨울 동안 재미없는 빛 종족의 책까지도 포함해 서고에 있는 책들을 전부 다 읽어서 나름 모르는 게 없고 흥미로울 거리도 없다고 생각하는데, 유나의 이야긴 뭔가 새롭다. 지금까지 여왕들이 보석이며 옷이며 사랑 이야기를 좋아했는데, ……아, 가끔 약초 이야기를 했던 여왕도 있었지만, ……유나는 내가 듣도 보도 못한 이야기들을 한다.

책을 양피지보다 나무로 만든 종이라는 것으로 만들면 훨씬 더 가볍다느니. 아마 자기네 종족은 '종이'라는 것으로 책을 만드나 보다. 또 매일 같이 나에게 수금 연주를 해달라고 조르더니, 어느 날 양피지에 다섯 개의 선을 그어 '악보'라는 것을 만들고, 수금의 연주법을 알려달라고 하더니, 즉석에서 그 '악보'라는 그림을 보고는 내가 했던 연주랑 똑같이 연주를 해냈다.

한번은 '설계도'라는 이상한 그림을 여러 장 그려 와서는 그대로 만들어 달라며 졸라, 한동안 애를 먹은 적이 있었다. 그 중에는 성안의 우물물을 끌어다 쓸 수 있는 장치며, 위생적인 '화장실'이라는 것도 있었다.

바보인 줄 알았는데 이상한 곳에서 똑똑한 면도 있다. 덕분에 나도 배우는 것이 생겼고, 편리한 장치들도 만들었다.

보호받는 것이 싫어서 검술을 배우겠다니?!

스스로 자기를 지키겠다는 발상은 훌륭하지만, 이런 말을 하는 여자는 호호 마을 여자들 외에 처음 본다. 게다가 그 말을 할 때 눈빛도 당차고 예사롭지 않았다. 울보에 꼬맹이인 줄 알았는데 의외로 강단이 있다. 점점 더 알 수 없는 아이이다. 겁이 없고 무모한 면이 있다는 것은 알았지만…….

그렇게 나온다면 나도 본격적으로 무술을 가르쳐볼까 생각 중이다. 어디까지 따라오나 한번 볼까?

우선 장작 패기부터!!! 검술이든 무술을 하려면 힘부터, 근육부터 길러야 하니까.

마침 잘됐다! 유나가 오고 나서 할 일이 몇 배로 늘어서 피곤하던 참인데 이 아이에게 그 일들을 시킬 수 있으니 금상첨화가 아니겠는가? 심지어 지금까지 여왕들과 달리, 앉아서 대접받는 것만 좋아하는 건 아니니 나로서는 대 환영이다!

유나를 가르치는 일은 생각보다 즐거워서 시간 가는 줄 모르겠다. 솔직히 하루가 금세 지나간다. 움직일 때 몸에만 집중하면 실력이 더 빨리 늘 것 같은데 항상 말도 끊이질 않는다. 공부는 싫어하지만 검술은 열심히 한다. 잘만 가르치면 자기 몸 정도는 지킬 수 있을지도 모르겠다. 하지만 유나에게도 그런 게 필요한 때가 올까? 먼 훗날 만약 유나가 사랑을 하고 판타스마의 진정한 여왕이 되면, 그 때 이 아이는 자기 스스로를 지킬 수 있을까?

어쩌면 유나라면, 봄을 부르지 않고 이대로 쭉 나와 함께 시간을 보낼 수 있지 않을까? 나를 사랑하거나, 나와 사랑을 나누거나, 나를 남자로 보거나 하지 않고, 여왕의 저주를 피해서……. 지금의 유나라면…….

지금 이대로의 생활도 나쁘지 않다고 생각한다. 독립성이 강한 유나는 이제는 성안의 여러 가지 일도 곧잘 한다.

내 앞에서 저렇게 반바지를 입고 툴툴대면서도 나와 내기에 져서, 내가 시킨 벽난로 청소를 하며 콧노래까지 부르면서 얼굴에 숯을 잔뜩 묻히고 있는 모습을 보면 사랑에 빠지거나 사랑에 관심을 가질 여자의 모습은 전혀 보이지 않는다. 억지로 하는 일인데도 그 모습이 어딘가 즐거워 보인다. **아무것도 꾸미지 않은 생기 넘치는 그 모습이, 가끔은 그게 내 마음을 흔들어 놓는다. 그런 모습에 왜 이렇게 마음이 복잡해지는지 모르겠다.** 그녀의 사소한 말, 웃음소리, 찌푸린 표정 하나에도 내 시선이 붙잡힌다. 그 어떤 것에도 동요되거나 꺾이지 않았던 내 마음이, 이 좁은 성안에서 서서히 무너지는 것 같다.

그녀는 자신이 지금 얼마나 무방비한지, 그 무방비함이 내게 어떤 영향을 주고 있는지 전혀 모르는 것 같다.

윽~~~~! 방심하는 사이에 숯으로 바닥에 잔뜩 낙서를 해놓고 도망갔다!! 심지어 머리에 뿔이 달린 내 모습까지 그려놓고…….

과연…… 저 아이가 사랑을 하거나 봄을 불러오는 어왕이 제대로 될 수 있을까?

유나는 위생에 유난히 민감하다. 아마 지금도 목욕하러 간 모양이다. 겨울의 판타스마에서 매일 목욕이라니!!! 처음엔 그 문제로 자주 다퉜지만, 지금은 그녀가 직접 장작을 조달하거나 자신이 설계한 성안의 우물과 연결된 관에서 물을 끌어올려 데우기까지 하니, 이제는 못 본 척하고 알아서 하게 두고 있다. 최근엔 날씨도 좋고 이돔족의 출몰도 뜸해져서, 유나는 종종 성 외곽까지 나가 나무를 가져와 장작으로 쓰기도 한다.

그렇다! 최근에 날씨가 너무나 좋다. 그러고 보니 눈이 내리지 않은 지 꽤 된 것 같다!

유나가 기분도 좋고 여기 생활에 잘 적응하고 있어서 그런 게 아닐까? 지금처럼만 지내면 더할 나위가 없겠다.

그녀는 여전히 말도 많고, 고집도 세고, 감정 기복도 심하지만……, 그 나름의 방식대로 이 성에 자신의 자리를 만들고 있었다. 그리고 나는 그런 걸 점점 인정하게 되는 나 자신을 조금씩 받아들이고 있었다.

밤이 깊어 성 안이 조용해지자, 서고로 발걸음을 옮겼다. 갑작스레 마음이 어수선해 집중할 수 없어서 평소보다 늦은 시간까지 책을 펼치고 앉아 있었지만, 눈은 양피지 위의 글자를 제대로 쫓지 못했다.

그때, 문이 삐걱 소리를 내며 열렸다.

“리이노! 여기 있었네. 아……, 아직 안 자고 있었구나?”

젖은 머리에 발그레 상기된 볼을 보니, 유나는 조금 전에 목욕을 마친 듯했고, 얇은 담요를 둘러쓰고는 졸린 눈으로 문앞에 서 있었다.

“방에 있지 않고 왜 나왔지?”

나는 최대한 무심하게 말했다.

“춥더라구. 벽난로가 꺼져서……. 그리고…… 왠지 오늘은 혼자 있기 싫어서…….”

유나가 말끝을 흐리며 고개를 숙이자 나도 모르게 잠시 숨을 멈췄다. 그녀의 말 한마디가 내 심장을 울렸지만…….

“그럼 이리로 와. 이 방은 아직 따뜻하니까.”

그녀는 머뭇거리다 다가와 내 맞은편 의자에 앉았다. 담요를 여미고 조심스레 빙그레 웃으며 말했다.

“리이노는 뭘 읽고 있었어? 뭐? ‘각 마을 영주 비리 보고서’? 그런 걸 왜 읽고 있어? 나한테도 책 읽어줘~. 한 권만 읽어주면 자러 갈게. 대신 재밌는 걸로……. 저번처럼 둥켈 마을 영주의 사랑 이야기 같은 거나 각 마을 전설 모음집 같은 것도 좋아.”

그녀가 웃고 있을 때, 나의 시선은 무의식적으로 그녀의 입술을, 눈동자를, 작은 숨결 하나까지 따라가고 있었다.

그저 피곤한 하루의 끝에서 나눈 소소한 대화였을 뿐인데……. 그녀로부터 풍기는 체취며, 담요 자락이 살짝 흘러내리며 드러난 가느다란 어깨며……. 순간, 전율이 스쳤다. 그 짧은 찰나에 심장이 한 번 크게 뛰고,

곧이어 가슴이 철렁 내려앉았다.

'이건…… 위험하다.'

그녀는 무방비했다. 그러나 그보다 더 위험한 건, 지금의 나 자신이었다.

"돌아가……. 마음이 바뀌었어. 내일 낮에 읽어줄게. 피곤해서 나도 자야 할 것 같아. 추우면 이 방에서 자도 좋아."

"왜……?"

나는 등을 돌려 문으로 향했다. 손잡이를 움켜쥐는 손에 힘이 들어갔다. 마치 그것 하나라도 놓치면, 모든 걸 놓칠 것 같았다. 문을 열고 나서는 순간, 차가운 공기가 숨통을 틔웠다. 그러나 가슴 속 불길은 전혀 꺼지지 않았다. 복도를 걷는 발걸음은 무겁고 빨랐다. 그녀가 있는 방에서 멀어질수록 심장은 더 크게 뛰었다.

◇◇◇◇

"뭐—? 여전사? 기사 부인?"

햇살이 좋은 어느 날 오후, 유나가 검술 연습 때 불쑥 자신의 장래에 대해 심각한 얼굴로 이야기한다. 쓸데없는 생각이다.

"어이, 어이~! 신중히 해. 검을 쥐고 딴생각하는 건 곧 죽음이야."

나와 함께 있으면서 유나도 자신의 장래나 미래에 대해 생각하고 있다는 건가? 혹시 지금 생활에 불만이 많은 건가?

"그리고 잊고 있나 본데, 네 장래는 정해져 있다고 했지? 여왕이 인생이

목표는 판타스마에 봄을 오게 하는 것이라고."

"명심해—, 유나!"

나는 말은 그렇게 했지만, 순간 다른 생각이 스며들었다. 그게 뭔지는 모르겠지만 유나가 처음 내 성에 왔을 때부터 늘 단호하게 했던 '여왕이 되기 위해 노력하라'는 이야기를 최근에는 별로 하지 않고 있다. 그야 유나가 지금 잘 지내고 있고 나름 최선을 다하고 있는 걸 나도 알고 있으니까 잔소리가 줄어든 거지만…….

아……, 나야말로 검을 쥐고 이런 딴생각을 해보긴 처음이다…….

"봄! 봄! 대체 언제 오는데?"라며 유나가 큰소리를 지르며 기세 좋게 달려오고 있다. 집중하자! 그렇지!

"검술보다 넘어지는 기술 쪽이 더 늘겠다. 빨리 일어나! 적은 넘어져 있을 때 동정을 베풀지 않는다고!"

넘어져서 바둥거리는 모습도 제법 귀엽다. 저렇게 열심히 하는데 내가 뭐라고 말할 수 있을까? 유나는 나에게 예쁘게 보이거나 사랑받고 싶어하는 의도 같은 건 전혀 없어 보인다. 그래서인지 계속 더 놀리고 싶어진다.

"싹이야!!"

넘어져 눈 속에 파묻혀 있던 유나가 큰 소리를 질렀다!! 나는 잘못 들은 줄 알았다……. 이게 무슨 말이야?

"여기 싹이 돋았어~~~~!!"

"눈을 뚫고 싹이 올라왔어!"

"그럴 리가……. 그런 일이……."

순간 전율과 함께 가슴이 철렁 내려앉았다.

◇◇◇◇

긴 장대비가 연일 내리고 있다. 마치 판타스마의 겨울과 그 흔적들을 말끔히 씻어버리겠다는 기세로 계속 내리고 있다.

유나는 도대체 무엇이 신나는지 노래를 부르며 성안을 돌아다니고 있다.

자기가 봄을 불러왔다고……, 자기가 봄을 불러온 게 정말이냐고. 진짜 그런 일이 맞냐고. 하루에도 몇 번씩 물어보곤 한다. 그리고 자기가 정말 봄을 불러왔으면 그건 자기가 아주 간절히 매일매일 염원하고 기도했기 때문이라고 한다. 생각대로 이루어져 정말 행복하다며, 자신이 세상을 바꿀 만한 어떤 힘이 있다는 걸 느끼니 이제 진짜 여왕인 게 실감난다고 한다. 판타스마의 여왕에게 그런 힘이 있는 것에 대해 신기하고 믿어지지 않는다고도 하면서.

그건 나도 마찬가지다. 진짜 이런 일이 가능하다니 믿어지지 않는다! 왠지 모르게 짜증이 난다. 유나와 나는 사랑을 나누거나 함께 잠자리를 가지지도 않았는데 어떻게 봄이 온 거지? 이런 일이 실제로 가능하다는 말인가? 무엇이 저 아이의 마음에 사랑을 불러온 거지? 대체 무엇이……? 어떻게? 도무지 모르겠나…….

그럼 유나의 사랑은 어디로부터 온 것이지? 누굴 사랑한단 말인가? 이곳 판타스마엔 나 이외에 아무도 없는데?

지금까지 경험으로 보면, 내가 데려온 여왕 중 나를 사랑하거나 나와 어떠한 관계도 없이 봄을 불러온 여왕은 없었다. 유나가 처음이다. 유나와 나는 키스 이상 어떤 일도 없었고 그나마 유나가 그런 걸 싫어해, 최근에는 검술 연습 때 외엔 내가 유나 근처에 다가가는 일조차 없었는데 어떻게 그런 일이 가능하단 말인가?

그럼 프래이야의 저주는 어떻게 되는 거지?

유나는 '여왕의 기사'인 나를 사랑하지 않고 자신의 의지만으로도 판타스마에 봄을 불러올 수 있다는 것인가? 옛날의 여왕들이 그랬던 것처럼 내면에 있는 사랑의 힘으로 판타스마에 봄을 불러올 수 있는 능력이 유나 저 아이에게는 있다는 것인가? 설마…… 만약 그런 일이 가능하다면? ……저 아이의 어떤 힘이 그걸 가능하게 하는 거지? 대체 무슨 이유로…….

혼란스럽다.

유나는 앞으로 나와는 다른 세상을 살아갈 것 같다는 생각이 든다. 결국, 이런 성취가 유나를 멀리 보내게 될 테고, 내가 옆에 있든 없든 유나의 세상은 점점 더 커지고 넓어지겠지. 나는 과연 그 속에 계속 머물 수 있을까? 다른 사람들, 다른 길들이 저 아이의 앞에 기다리고 있을 텐데. 나는 그저 이렇게 옆에서 지켜보는 게 전부일까?

겨울 동안은 몰랐는데 봄이 오니 성의 여기저기서 빗물이 새고, 특히 유나가 머무는 방의 천장에서는 빗물이 뚝뚝 떨어진다.

유나는 침대에만 물이 안 떨어지면 괜찮다고 한다. 의외로 그런 면에서는 소탈하다. 대신, 이제 판타스마에 봄을 불러왔으니 자기의 의무(!)는 끝났다며 집으로 돌아갈 수 있는 방법이 있는지 찾아봐달라고 한다. 어떤 때는 농담처럼 어떤 때는 진지하게 이야기하지만, 나는 언제나 그건 불가능한 일이라고 냉정하게 딱 잘라 말한다. 쓸데없는 희망을 주고 싶지 않다.

그래서 나는 아직 그녀에게 봄의 판타스마 여왕의 행보와 임무나 운명에 대해 이야기를 전하지 못하고 있다. 아직은 때가 아닌 듯하다. 유나가 진실을 알게 되면 분명 저 성격에 난리가 날 것 같다.

어쩌면 칼부림 정도는 각오해야 할지도 모른다. 그야 처음부터 그런 성격은 아니었는데……. 그러고 보니 나와 함께 생활하고 함께 검술 연습을 하는 동안 유나도 상당히 거친 면이 생긴 것 같다.

풀잎이 바람결에 살랑이며 햇살이 따사롭게 내리쬐던 한낮. 나는 성에서 멀지 않은 숲 가장자리에 누워 눈을 감았다. 온몸이 나른하게 풀리는 느낌이었다. 유나는 산딸기와 야생 베리들을 따느라 분주히 움직이고 있었고, 시원한 바람과 함께 귀에는 유나의 발소리와 그녀의 노랫소리가 조용히 들렸다.

평화롭고 나른한 기분 좋은 오후다. 봄이 오고 어둠족들은 거의 어둠의 숲으로 숨어버렸고, 덕분에 나도 여유롭고 한가한 매일을 보내고 있다. 조금만……, 잠깐만…… 눈을 붙이자……. 유나가 제멋대로이긴 해도, 요즘은 꽤나 잘 따라주고 있었으니까. 그런 생각을 하며 기분 좋은 잠에 빠진 듯하다.

그러나 다음 순간—!!

……슥…….

나의 감각이 삽시간에 번뜩 깨어났다. 갑작스럽게 다가오는 기척!! 움직임이 너무 가볍고, 수상하다! 사슴도, 여우도 아니다. 뭐지? 나는 몸이 재빠르게 반사적으로 움직였다. 칼은 없었지만, 무기는 필요치 않았다. 자신의 몸을 기울여 순식간에 상대를 제압했다.

"악……!"

작은 비명이 들리고, 그제야 시선을 아래로 향했다. 유나였다!!

그녀가, 놀란 눈으로 나를 올려다보고 있었다. 웃으며 장난을 치려고 했던 모양이지만, 얼굴에는 충격이 어른거렸다. 나의 손에 잡힌 그녀의 어깨는 놀라울 만큼 가녀렸고, 숨결이 가까웠다. 나는 숨을 삼켰다. 정말, 자칫하다가는 그녀를 크게 다치게 할 뻔했다. 유나는 처음엔 놀라고 충격을 받은 듯했지만 그것도 잠시, 나의 진지한 얼굴에 이제는 억지로라도 웃으려 애를 쓰며 바로 눈앞에서 떨고 있었다.

가까웠다. 너무 가까웠다……. 아니……. 내가 무의식 중에 원했던 건……. 갑자기 멈칫했다.

심장이 빠르게 뛰며 혈관을 따라 뜨거운 불씨가 퍼져나갔다. 목덜미가 달아올랐고, 눈을 돌려야 했다. 아니, 돌리고 싶었다. 내가 어떤 표정을 하고 있는지, 나조차 확신이 없었다. 그녀의 눈 속에서도, 놀람과 함께 또 다른 감정이 보였다.

심장은 빠르게 뛰기 시작했다. 방금 전까지만 해도 아무것도 느껴지지 않았던 나의 가슴이 마치 칼 끝이 스친 듯이 따끔하게, 뜨겁게 저릿했다.

장난을 치려다가 역으로 제압당한 그녀는 입을 꾹 다문 채 나를 바라보고 있었다. 당황한 기색이 역력했고, 그 눈동자 안에는 두려움과……. 어쩌면 당황보다 더 복잡한 감정이 섞여 있었다.

숨결이 닿을 만큼의 거리. 그녀의 눈동자에 내가 비쳤다. 그 눈에 내가 흔들리고 있었다. 그제야 나는 천천히 그녀에게서 몸을 뗐다. 그녀를 놓아주며, 조용히 중얼거렸다.

“미안하다. 너인 줄 몰랐다. 하지만 두 번 다시 이런 장난은 하지 마! 다칠 수 있어.”

그러나 손을 거두는 순간까지, 손끝이 저릿했다. 뭔가가 닿은 자리에 감각이 오래도록 남아 있는 듯한 기분. 나는 무의식적으로 그녀에게 시선을 주지 않으려 애썼다. 하지만 그럴수록 그녀의 숨결, 얼굴, 가녀린 목덜미, 조금 상기된 뺨……, 그런 것들이 뇌리에 각인되듯 떠올랐다. 이상하다. 이전엔 단 한 번도 그녀를 이렇게 바라본 적이 없었다. 장난꾸러기였고, 시끄러웠고, 내가 보호하고 지켜야 할 ‘의무’였다.

그런데 지금은……. 그녀가 순간 여자로 보였다. '아니다', 나는 속으로 되뇌었다. '착각이다. 일시적인 상황, 가까운 거리, 그저 경계심이 만든 혼란이다.'

"아……. 뭐야……. 죽을 뻔했잖아……. 깜짝 놀랐어……."

툴툴대며 다시 평소의 모습으로 돌아가는 유나는, 하지만 말끝에 걸린 숨소리는, 나처럼 가라앉지 않은 감정을 드러내고 있었다. 우리 사이에 말로 표현할 수 없지만 무언가가 자라고 있었다. 말하지 않아도, 피하려 해도……. 더는 멈출 수 없는 감정이…….

역시, 유나도 다른 여왕들처럼 나에게 감정을 품고 있는 걸까? 그녀가 봄을 불러온 원동력은 결국 다른 여왕들처럼 나에 대한 사랑의 감정일까?

"인사드려, 헤르미네. 새 여왕이시다."

이 성급한 인간들이 전령도 없이 갑자기 들이닥치다니…….

조만간 엘리샨으로부터 연락이 올 것은 각오하고 있었지만, 이렇게 빨리 갑자기 올 줄은 몰랐다. 심지어 호위병까지 출동해서 들이닥친 걸 보니 유나를 바로 데려갈 모양이다.

나와 유나가 함께 있는 것이 그들에게 얼마나 큰 위험을 불러오는지, 그들은 이미 많은 경험을 통해 알고 있다. '여왕'과 '여왕의 기사'는 어차피 함께 있을 수 없는 운명이고, 그 사실을 받아들여야 한다.

유나는 파프너랑 산딸기를 따러 갔다가 오후 늦게 돌아와서 제대로 된 설명을 해주거나 준비를 시킬 시간도 없이 모든 상황을 갑자기 맞이하게 되었다.

선머슴 같은 모습에 아직은 앳되어 보이는 새로운 여왕을 소개하자 모두들 다소 충격을 받은 것 같았다.

예상대로 유나는 상당히 놀라고 당황해하는 눈치다. 평소와 달리 내 옆에 딱 붙어서 떨어지지 않는다. 갑자기 들이닥친 많은 사람들과 여왕에 대한 의전 등, 이 어수선하고 달라진 상황에 대해 불안한 듯 묻고 따지고 싶은 것들이 많아 보이고 계속 나만 주시하고 있다. 내가 설명을 한다고 해서 고분고분 이해하고 그들을 따라갈 유나가 아니라는 걸 안다. 어쩔 수 없다. 어차피 유나의 의견은 중요하지도 않다.

판타스마의 인간들 역시, 기대했던 여왕의 모습과 달라 적잖게 당황한 듯하다. 여왕을 호위하기 위해 온, 휘르스트 가문의 애송이 녀석도 여왕이 자신과 같은 또래로 보여 눈이 휘둥그래지는 걸 보니 왠지 통쾌한 기분이 들었다.

심지어 유나는 내 기대를 저버리지 않고, 저녁 식사 시간에 평소의 그녀 스타일 그대로 등장했다. 드레스나 보석 따위로 치장하던 이전 여왕들과는 달리 수수하지만 씩씩한 모습으로 나타났다. 하지만 심기는 굉장히 불편해 보였다.

식사를 하면서 에렌 휘르스트가 유나를 엘리산으로 데려가는 절차에 대해 설명을 했을 때 유나는 박력 있게 화를 내면서 자리를 박차고 나가버렸다. 이런 여왕은 너희들도 처음이지?

나와 유나가 함께 있는 것이 이제 불가능하게 된 이상, 차라리 유나를 빨리 보내는 게 낫다.

내 성에 저 많은 인간들이 돌아다니는 것도 싫고, 유나를 설득시키는 것도 힘들 바에야 유나가 하루라도 빨리 엘리샨으로 가서 거기서 적응하는 게 나을 거다.

모두들 유나가 나와 사랑에 빠졌고, 또 우리가 이미 그들이 상상하는 그런 부적절한 관계라고 단정지은 듯하다. 상관없다. 너희들이 유나를 존경하든 존경하지 않든 어차피 시간이 지나면 그들도 유나가 어떤 여왕인지 알게 될 것이다. 그녀의 진면목을…….

그들이 지금까지 만난 적도 없는 그런 특별한 여왕이란 것을, 이 봄도 그들이 생각하는 그런 추잡한 이유로 오게 된 것이 아니라는 것도…….

"헤르미네, 조용히 재워놓을 테니 데려가서 왕궁에서 눈을 뜨면 저 애가 잘 알아듣게 얘기해줘."

각오는 하고 들어갔지만, 유나는 생각보다 화가 많이 났다. 내가 자기를 다시 다른 곳으로 보낸다는 것에 대해 배신감이 큰 것 같다.

집으로 보내 달라거나 여기서 나와 함께 있고 싶다며 울면서 매달려서, 순간 나도 마음이 약해질 뻔했다.

유나가 이렇게 목놓아 서럽게 우는 걸 본 적이 없었다. 판타스마에 데려온 후 유나는 어느 순간부터 잘 울지 않았다.

"리이노와 함께가 아니면 싫어……."

유나는 여기서 나와 함께 있고 싶었던 건가? 나와 있는 것이 좋았다고? 지금 나와 헤어지는 것이 싫다고 울며 매달리는 건가? 나와 함께했던 시간들이 그녀에게도 의미가 있었다는 건가? 아니면 가족과 헤어져 멀리서 와서, 또다시 나와 헤어져 다른 곳으로 가는 것이 싫어서 그런 걸까? 순간 여러 가지 생각들이 스쳐 지나갔다. 하지만 그런 생각들이 다 무슨 소용인가?

"여왕의 기사와 여왕이 이렇게 함께 있을 수 있는 건 봄이 올 때까지야……."

사랑도 그때까지만이지……. 안타깝지만 유나, 만약에 네가 나를 사랑하거나 흠모했다면 여기까지가 좋아. 더 이상은 널 다치게 할 거야!

유나가 이렇게 아파할 줄 몰랐다.

아……, 이 머리 향기도…… 이 보드라운 감촉도…… 이 온기도…… 여기까지인가……. 왠지 모를 아쉬움이 밀려든다.

히멀의 수면제가 잠시 널 편안하게 해줄 거야……. 그러니 여기서의 생활을 잊고 다시 멋지게 여왕의 모습을 보여줘. 너의 여왕을, 저 인간들에게…….

"잘 자, 나의 여왕……."

3장

몇 백 년의 고독보다 견디기 힘든 것

유나가 떠난 지 한 달…….

햇볕은 더 따뜻해지고 숲은 더욱 짙은 초록색으로 바뀌며 봄이 더 깊어지고 있다. 들판이며 언덕마다 꽃들은 끊임없이 피어나고, 불어오는 바람 속에서도 골짜기의 꽃향기와 멀리 있는 호수 냄새를 맡을 수 있다. 유나는 잘 적응하고 있는 모양이다.

여기저기서 새들과 풀벌레들이 시끄럽게 경쟁하듯 지저귀고 있는데 이 성은 너무 조용하다. 봄이 왔는데 더 음침하다……. 파프너도 겨울보다 활기가 없다.

몇 백 년의 고독과 고요함을 견뎌온 내가 그 아이가 가고 나서 며칠의 고요함과 정적을 견디지 못하다니…….

그 아이의 온기가 사라진 공간들이 겨울보다 더 휑하고 싸늘하다.

어느 곳을 가든지 유나의 흔적들이 남아 있다. 여왕이 떠나고 나서 이렇게 적적한 적이 있었던가? 오히려 여왕의 기사로서의 의무감에서 벗어나 자유로움을 느끼지 않았던가? 그런데…… 이번에는 다르다.

따뜻한 봄바람은 차가운 겨울바람처럼 스쳐 지나가고, 너의 목소리와 노랫소리가 떠돌던 이 공간들은 너의 온기와 함께 사라져버린 공허한 공간이 되어버렸다.

유나, 그 아이가 떠난 자리가 이렇게 클 줄 몰랐다. 지금까지 일들이 마치 꿈처럼 희미하게 느껴진다. 나는 그 시간들이 당연히 계속되리라 생각하고 있었던 걸까?

아직도 어딘가에서 그녀의 목소리가 들릴 것만 같고, 고개를 들면 그녀가 문틈 너머로 고개를 빼꼼 내밀고 있을 것 같아 하루에도 몇 번씩 문득 돌아보게 된다. 그녀가 있을 리가 없다는 걸 알면서도…….

슬슬 대관식이 시작될 거다. 영주의 참석과 충성의 맹세는 의무지만, 지금까지 참석해본 적은 없었다. 하지만 유나가 저들을 상대로 어떻게 하고 있는지는 무척 궁금하다.

"유나가 엘리샨에서 어떻게 지내는지 응원하러 가볼까? 파프너."

그리고……. 유나가 불러온 이 봄의 정체도 궁금하다. 떠나기 전, 울며 매달리던 유나의 눈물 젖은 눈과 입술의 감촉을 난 여전히 잊지 못하고 있다.

◇◇◇◇

수호기사라니? 게다가 사내 놈이 세 명씩이나 늘 유나 곁에 붙어 있다고?

엘리샨에 도착하자마자 들은 소문은 유나를 위한 수호기사에 대한 이야기였다. 나는 그들의 속셈이 무엇인지 금방 깨달았다.

나와 새 여왕을 되도록 떼어놓겠다는 계획이겠지만, 그들 중에 진심으로 여왕을 지킬 수 있는 놈이 있다 해도 날 이길 수는 없다. 결국 여왕은 나를 좋아할 수밖에 없으니까…….

궁에 있는 동안은 아무리 나라도 쉽게 여왕을 만날 수 없다. 정식 알현을 신청하거나 공식적인 자리가 아니면 이전처럼 스스럼없이 유나와 어울릴 수가 없다. 하지만 저 수호기사들은 그 모든 것들과 상관없이 항상 유나 곁에 머물 수 있다는 이야기다.

파프너는 유나가 있는 곳을 찾아갈 수 있다. 왕궁에 도착하자마자 유나가 아직도 상심해 있거나 힘들어하고 있지나 않는지 신경이 쓰여 일단 파프너가 이끄는 대로 유나를 찾아보기로 했다.

아……. 멀리 회랑에 유나의 모습이 보인다.

"파프너, 유나가 많이 보고 싶었구나……. 너도 유나랑 함께 달리고 싶었어?"

유나는 나와 있을 때와 다른 얼굴을 하고 있다. 분명 내가 아는 얼굴인데 본 적이 없는 환한 미소에 빛나는 아름다움과 부드러움까지……. 울며 매달리던 모습은 상상도 할 수 없을 정도로 즐거운 얼굴이다.

'왜 저렇게 밝게 웃는 거야?'

나에게는 보인 적이 없는 표정이다. 그 옆에는 에렌 휘르스트가 있다.

내가 왜 이렇게 화가 나는 거지? 가슴 속에서 작은 소용돌이가 일었다. 흥……. 나는 뭘 기대하고 있었지? 설마 여기에 오면 유나가 나를 보며 반가워서 달려올 것을 상상했던 것일까?

엘리샨의 봄 햇볕은 너무 뜨겁다. 내 안의 감정도 뜨겁게 불타오른다. 그놈들과 함께 있을 때 그녀의 표정이 너무 밝아서, 나는 그 밝은 빛에 대비되듯 한없이 어두운 그늘처럼 느껴져 쉽게 다가갈 수 없다는 느낌마저 든다.

유나가 멀리 가버린 느낌이 든다……. 그녀가 다른 사람과 웃는 모습이 머릿속을 떠나지 않아 왠지 모를 소외감이 밀려온다. 저 또래 아이들은 저렇게 쉽게 가까워지고 또 쉽게 잊어버리기도 하는 건가.

유나는 이미 엘리샨에 온 지 얼마 되지 않았는데도 벌써 적들을 여럿 만든 듯하다. 심지어 여론도 호의적이지 않다.

영주 회의에서는 유나의 외모에 대한 혹독한 평이 있었다. 도저히 끝까지 들어줄 수가 없어서 중간에 나와버렸다. 그 책임을 나에게 던지고 싶어 하는 듯하다. 대체 여왕의 능력과 외모가 무슨 상관이란 말인가? 내가 여왕을 데려오지 않으면 일생 겨울잠이나 자고 있을 파렴치한 인간들이 봄을 불러와 새로운 생명을 틔우게 한 여왕을 감히 외모만 보고 얕잡아 봐?

이래서 내가 조용히 둥켈 마을 성에 앉아 있을 수가 없었다. 안 그래도 여왕은 외롭고, 모두가 발로만 충성을 다하고 속으로는 불신한다. 특히 내가 나서면 더 비극을 앞당길 뿐이다. 유나는 지금까지 여왕들과 다른 운명이길 바라지만…….

그보다 우선, 그 애송이 수호기사들이 믿을 수 있는 놈들인지 좀 알아봐야겠다.

에렌 휘르스트! 이놈은 제대로 된 놈이 아니다. 제일 위험하다. 철저한 정치꾼의 집안에서 미래의 재상으로 키워졌으니 유나를 이용하고도 남을 놈이다.

두 번째는 호흐 마을 출신의 무사. 젠장, 호흐 마을이라니! 그쪽은 호색한들이 득실거리는 마을인데……. 제일 방심할 수 없는 놈이다. 일단 유나에게 호신용 검술을 가르쳤으니 조금은 마음을 놓을 수 있을 것 같다.

그리고 마지막, 정체를 알 수 없는 저 금발의 이상한 놈은 뭐가? 칼이라도 제대로 쥘 수 있나?

수호기사라는 놈들 중 한 놈이라도 제대로 된 놈이 없다. 대체 누가 뽑은 건가? 무슨 음모가 있는 것은 아닌지 알아봐야겠다. 게다가 유나는 자신이 남자에게 어떤 영향을 주고 있는지 전혀 모르는 것 같다. 가끔은 그녀가 조금만이라도 의식했으면 좋겠다는 생각도 든다.

그리고 켄트 재상……. 이놈은 누구보다 더 수상하다. 왜 형이 아니라 이놈이 갑자기 재상이 된 거지? 심지어 비열하고 음흉한 놈이라 유나에게 무슨 짓을 할지도 모른다.

그리고 유나의 최대의 라이벌, 리베라 공주!!!

판타스마 왕가의 후손으로 마지막 혈통이다. 그 언니들이 지금까지 내가 데려온 여왕들을 사사건건 괴롭히고 힘들게 한 역사를 생각하면, 분명 리베라도 유나를 힘들게 할 테지. 유나가 앞으로 잘 이겨내길 바랄 뿐이다.

당장 유나를 만나 보고 싶긴 하지만, 대관식 전에는 왕궁의 경비가 삼엄하여 힘들 것 같다. 우선 오늘 밤 어둠의 숲 상태라도 한번 둘러보고 와야겠다. 유나에게 여왕의 맹세를 하고부터 어둠족들이 더 극성이어서, 지금쯤 어둠의 숲은 더 험악하고 위협적인 상태일 것이다……. 내가 유나를 여왕으로 만들고 그녀의 어깨에 판타스마의 운명을 짊어지게 했으니, 유나에게 도움이 될 수 있는 일들을 해두어야겠다.

내가 돕지 않으면, 그녀를 도와줄 사람이 더 이상 아무도 없을 것 같다. 그게 전부다. 쓸데없는 감정에 휘둘려서가 아니라, 내 의무일 뿐이다. 그래, 의무!! 내가 도와주는 것이 옳다고 생각해서 하는 일일 뿐이다.

대관식까지는 다시 엘리샨으로 돌아오자! 왕관을 쓰는 유나 옆에 있어주고 싶으니…….

4장

이렇게 기대되는 시끌벅적한
봄의 시작이 있었는가?

젠장……. 유나의 대관식을 보지 못했다.

어둠의 숲의 규모나 기운이 평소와 달랐다. 밤새 상황을 살피다 보니 저녁 무렵에나 엘리샨으로 돌아올 수 있었다.

영지로 돌아가면 둥켈 마을 부근 어둠의 숲부터 청소를 해야겠다. 더 이상 그 기운이나 영향이 확장되는 것을 막아야 한다. 그나저나 축하 연회는 아직 끝나지 않은 모양이다. 왕궁은 아직 음악 소리가 들리고 횃불과 촛불이 주변을 환하게 밝히고 있다. 이런 류의 연회를 좋아하지 않지만, 축하 연회에 가면 영주는 공식적으로 여왕을 만날 수 있다.

드디어 유나가 나를 찾는다고 한다.

유나도 꾸미고 차려입으니 예쁘다. 다행히 왕관도 어울린다. 내가 먹인 히멀의 수면제 영향도 있겠지만, 안 보던 사이 그래도 조금은 성장해서 이전과 분위기가 사뭇 다르다. 아마 시간이 지나면 더 아름다워질 것 같다.

"인사가 늦었군요, 여왕 폐하! 절 찾으셨다고요……."

유나가 여왕이 되고 여러 사람들 앞에서 공식적으로 '**여왕의 기사**'이며 둥켈 마을 영주인 나에게 건네는 첫 마디가 무슨 이야기일지 사뭇 기대가 되었다.

그리고…….

"리이노……, 리베라 공주님이 당신을 기사로 삼고 싶다고 하는데요?"

뭐라고? 순간 내 귀를 의심할 뻔했다. **나보고 리베라의 기사가 되라고?** 어이―, 어이―. 유나……, 이거 설마……!! 네가 울며 매달리는데도 냉정하게 널 여기로 보내버렸다고 이제 와서 나한테 이런 '처벌'을 내리는 건 아니겠지?

리베라 공주는 언니들을 닮아 영악하고 정치적 계략에도 능하여 벌써 유나에게 뭔가 수작을 부린 듯하다. 심지어 켄트 재상 이놈까지 교활하게 이 상황에 눈치없이 끼어들어, 유나가 전혀 대처를 못하고 있다. 이렇게 무방비로 당하고만 있을 줄이야……. 불과 오늘 오전에 대관식을 끝내고 충성을 명세한 여왕에게 이것들이 하루도 지나기 전에 단체로 오만불손하게 굴고 있다.

"여왕 폐하로서의 명령이신가요?"

'거절해, 유나……!!'

"명령이라면…… 받아들일 건가요?"

뭐――?? 어이……, 그렇게 큰 눈으로 진지하게 되묻지 말고 거절해!! 난 지금 널 위해서라면 어떤 일이든 기꺼이 해줄 준비가 되어 있어. 지금 나 외에 널 도와줄 사람은 이 판타스마에 없는 것 같으니까. 그게 어떤 명령이든, 부탁이든…… 네 기사로서 실행할 거야……. 그러니 다른 놈들은 믿지 말라고!!

혹, 그것이 리베라의 기사가 되는 일이라도 네 명령이라면…….

"당신의 명령이라면……."

나는 따를 수밖에 없는 거야!! ……유나…….

그리고 저런 수호기사 놈들이 세 명씩이나 유나 곁에 붙어 있으니, 나는 아직 엘리샨을 떠날 수가 없다.

저 바보가 지금쯤 의기소침해 있지 않을까? 가서 좀 위로라도 해줄까?

이럴 줄 알았다면 유나에게 정치적 전략이나 권모술수 같은 것도 좀 가르쳐줄 걸 그랬나? 무술이나 청소 같은 것 말고……. 내 잘못도 있는 것 같다. 좀 더 정치적인 여왕으로 키웠어야 했나? 그런 면에서는 여왕의 기사로서의 의무를 소홀히 한 부분도 있는 것 같다.

“많이 예뻐졌군.”

유나는 내 모습을 본 순간, 예상치 못한 표정을 지었다. 마치 시간이 멈춘 듯, 잠시 굳어버린 그녀의 눈빛은 당황과 놀람이 섞인 감정으로 반짝였다. 그리고 그녀가 침대 기둥 뒤로 슬며시 몸을 내빼며 수줍어하는 그 모습이 어찌나 귀엽던지, 가슴속 깊은 곳에서 간질간질한 떨림이 일었다.

‘저건 나만 아는 표정이야.’

위험을 무릅쓰고…… 여왕의 침실에 숨어들어온 보람이 있다. 그녀의 얇은 속옷은 예상하지 못한 부분이지만.

단둘이 있는 것이 오랜만이라 그런지 유나도 살짝 긴장하는 게 전해진다.

유나는 여전히 순수하고, 그 순수함이 내 마음을 흔든다. 그녀의 눈빛 속에 담긴 장난기, 삐죽거리며 토라질 때 화난 표정, 그리고 입가에 맴도는 사랑스러운 미소, 나는 여전히 그런 작은 부분에 이끌리고 있었다.

그녀의 곁에 있을 수만 있다면 리베라의 기사가 되는 위험쯤은 감수할 만한 가치가 있었다.

축하 연회 때 저들이 그렇게 얕보고 무례하게 굴었음에도 다행히 기죽거나 의기소침해 있지 않는 유나의 모습에 묘한 안도감이 든다. 하지만, 내가 리베라의 기사가 되는 것은 몹시 싫었던 것 같다.

"기억이 안 나나 본데? 직접 자신의 입으로 내 곁을 지키겠다고, 나의 기사가 되겠다고 맹세했던 거……. 그런데 그렇게 쉽게 리베라의 기사 자리를 덥석 받아들여? 난 최소한 망설일 줄 알았는데."

솔직하지 못한 유나가 볼멘 목소리로 도리어 나에게 섭섭함을 내보인다. 혹시 유나가 질투를 하는 걸까?

"리베라의 기사가 되어달라고 말한 것은 유나 너였잖아? 나는 여왕의 첫 명령을 받들었을 뿐인데."

"명령은 누가? 난 의견을 물어봤을 뿐이었다고?"

이건 또 무슨 억지인가? 역시…… 유나는 내가 거절해주길 원했구나.

"여왕이 말하면 모두 명령이야. 몰랐어? 섭섭하군……. 나는 너의 뜻을 따르는 충실한 기사가 되겠다고 마음먹고 있는데."

살짝 재미있어서 놀려보고 싶어졌다. 유나는 아직 순진하게도 여왕으로서 지닌 자신의 입지와 권력이 얼마나 강력하고 무서운지 모른다. 하루라도 빨리 자각시킬 필요가 있다. 안 그러면 스스로를 보호할 수 없다.

"여왕에게 수호기사가 세 명이나 있고. 그렇지……! 잘도 그들이랑 하하호호 즐겁게 지내고 있더군. 그래서 나 하나쯤은 이젠 필요 없어진 건가? 내가 아니어도 상관없어서 날 리베라의 기사로 보내는 건가 싶었지,

하하—. 나도 옛정을 생각하면 맘은 좀 상했지만 그래도 어쩌겠어? 왕명이니…… 충성해야지."

아차……. 내 마음속의 복잡한 감정들이 쓸데없이 나와버렸다. 유나에게는 이 유치하고 솔직하지 못한 초조한 감정들을 들키지 않았으면 좋겠는데. 내가 아무리 그녀에게 다가가고 싶어도, 이 불편한 마음을 숨기지 못한다면 그 모든 것은 의미 없을 것이다.

그녀의 눈에 서운함이 차오르더니, 갑자기 입술을 깨물고 눈에 불꽃을 일으키며 째려봤다. 당장이라도 울 것만 같다.

"그럼 내가 맨날 울면서 너만 생각할 줄 알았어? 이 바보같은 놈~~~! 우와아아아앙~~~!!"

"넌 나쁜 놈이야~. 날 이런 곳에 데려다놓고 책임진 건 하나도 없잖아? 당장 꺼져버려—!"

정말 뭐든지 집어 던질 기세다. 유나의 목소리가 점점 격앙되면서, 그간 억눌렀던 슬픔이 터져나왔다.

아……. 조금은 위로를 해주려고 했는데 내 의도와 달리 결국 울리고 말았다. 난감하군. 게다가 유나가 갑자기 소리친 탓에 바깥이 소란스러워졌다. 더 난감해졌다. 그래도 유나가 리베라의 기사가 되어달라고 한 것은 역시 유나의 진심이 아니었다. 저렇게 화내는 모습도 정말 오랜만이다!

그나저나, 수호기사들이 항상 여왕의 가까이에 있다는 사실은 알았지만, 유나가 소리치자마자 즉시 달려오다니? 이런 상황은 정말 생각지도 못했다. 유나의 여왕으로서 권위와 안전을 지키기 위해 그들이 필요하겠지만, 마음에 들지 않는다. 과연 그들이 최후까지 유나 편에 남아서 싸워

줄 수 있을까?

유나, 명심해!! 이 궁에서 계속 그렇게 순진하고 너그러운 마음으로 지낸다면 어느 순간 치명적인 위험에 빠지게 될 거야. 상대는 네가 상상한 것과는 비교도 할 수 없을 정도로 잔인하고 차원이 다르게 위험한 놈들이라고.

공식적으로 리베라 공주의 기사로서 엘리샨에 머물 수 있게 되었으니, 유나를 좀 더 가까이에서 지켜볼 수 있겠다. 리베라도 내 감시 아래에 놓이게 되었으니, 유나가 혼자서 애쓰지 않도록 손을 쓸 수 있겠지. 여느 때보다 어린 여왕이고 아직은 여왕의 기사인 내 도움이 필요할 것 같다.

잘 자라, 나의 귀여운 여왕~!

엘리샨은 봄이지만 정말 한낮의 태양 빛은 엄청 뜨겁다. 갑옷을 입고 경기장에서 사람들에게 둘러싸여 구경거리가 된 채 토너먼트 같은 걸 하는 건 질색이다. 여왕의 명령만 아니었다면 절대로 안 한다! 이런 시시한 토너먼트 같은 건…….

어젯밤, 리베라 공주가 찾아와서는 자기에게 화관을 갖다 바치면 '겨우살이 단검'을 주겠다는 제안을 했다. 화관 따위랑 '겨우살이 단검'을 교환하자고? 대체 무슨 꿍꿍이인지 모르겠지만, 그런 과감한 협상을 제안하다니, 나에게 '겨우살이 단검'이 무슨 의미인지 잘 알 텐데…….

리베라는 유나보다 더 나은 자기의 입지나 성장을 위해서 수단과 방법을 가리지 않을 거고, 과연 유나가 리베라의 그런 음흉하고 교묘한 책략에 맞서 잘 헤쳐나갈 수 있을까?

내가 아는 판타스마의 사람들 대부분이 '여왕의 기사'인 내 정체를 알든 모르든 처음부터 나를 경계하거나 직접 상대하기를 꺼린다. 내 위엄과 능력에 자연스레 겁을 먹거나 부담스러워 한다고나 할까? 유나만이 처음부터 겁 없이 나에게 달려들었고, 심지어 경계조차 하지 않았다. 그런 무모한 태도가 천진난만하거나 모자란 구석이 있어서 그런 건지 의심한 적도 있지만, 가끔은 이상하게 편하고 안심이 되기도 했다. 지금 생각하면 내가 유나를 더 거칠고 사납게 길들이고 단련시키지 않는 게 아쉽다는 생각까지 든다. 뭐 유나가 길들인다고 길들여질 아이도 아니지만, 야생 고양이처럼 자유로운 영혼을 가진 아이니까…….

"그럼, 어디 이번 기회에 겸사겸사 유나를 지킨다는 저 수호기사 놈들 솜씨나 한번 볼까? 보나마나겠지만……."

토너먼트는 너무나 뻔하게도 내 예상을 벗어나지 않았다. 그나마 상대가 되는 호호 마을 놈들은 기운도 좋고 기술도 좋은데, 머리를 쓰지 않는다. 수호기사 놈들은 내 예상대로 한 명도 제대로 된 놈이 없다. 작위는 없지만 무식하게, 지치지도 않고 달려들었던 맷집 좋은 호호 마을 출신 한 명 빼고는 도무지 기사라고 부르기조차 부끄러운 수준이다. 이런 놈들이 유나의 상대가 되는 것은 더 싫다.

유나에게 화관을 주면 마음이 좀 풀어지려나……. 겨우살이 단검 따위……. 어디 있는지 알았으니 필요할 때 어떻게든 내 손에 넣으면 되고…….

'응…… ? 유나는 대체 어디 간 거야?'

'여왕을 위한 토너먼트'인데 여왕이 결승전에 가만히 있지 않고 자리를 비우다니? 유나의 모습이 좀처럼 보이지 않는다?

젠장…….

◇◇◇◇

유나는 나에게만 겁 없이 달려드는 게 아니었다. 현재 왕궁의 실세, 권력의 정점에 있는 저 재상에게조차, 그녀가 당당히 도전장을 내밀었다는 소문이 파다하다. 켄트 재상의 사형 집행을 막았다니……. 마치 모든 이들의 경계를 넘어서는 듯한 저 대담함 아니, 차라리 무모함이라고 불러야 할까? 그 누구도 예상치 못한 방식으로 상대와 맞선다. 잠시도 한눈을 팔 수가 없다.

리베라 공주는 자기 손으로 성취한 것이 하나도 없음에도 토너먼트 결승전을 자신의 승리로 여기고 자축하는 기념 연회를 열었다. 영주와 귀족들까지 모두 불러, 여왕보다 돋보이려는 듯 스스로의 허영심을 채우기 위한 성대한 파티였다. 물론 유나의 모습은 보이지 않는다. 내가 이 축하 연회의 공헌자이자 들러리까지 된 것은 의도한 바가 아니지만 그렇게 되어버려서 영 마음이 불쾌하다.

바깥이 소란스럽다. 지하 감옥에서 누가 탈출을 했다고 한다. 혹시 또 유나가 연루되어 있으면 문제가 복잡해진다.

"무슨 일이냐?"

"어떤 놈이 사형수를 탈출시킨 듯합니다. 범인이 칼을 맞아 멀리 못 갔을 것 같아, 지금 궁전 안을 샅샅이 뒤지고 있습니다."

켄트 재상의 숙적을 누군가가 대담하게 풀어준 모양인데, 그렇다면 범인은……. 겉으로는 아무 일 없는 듯이 굴었지만, 켄트 재상과 팽팽한 신경전을 벌이고 있는 단 한 사람, 그놈의 얼굴이 머릿속을 스쳤다

"설마……, 에렌 그 녀석이……."

켄트 재상의 숙적을 풀어준 것이 정말 그놈이라면, 엄청난 파장이 일어날 게 분명하다. 켄트 재상은 결코 호락호락한 상대가 아니다. 그의 쪼잔하고 음흉한 분노가 자칫하면 유나에게로 튈 수도 있다. 조카와 삼촌의 싸움에 유나를 휘말리게 할 수 없다.

유나의 수호기사란 놈이 유나를 위험에 빠뜨리게 하다니!!

"정말 가관이군……. 여왕을 지키기는커녕 여왕에게 보호를 받고 있어?"

어이가 없다! 왜 여왕의 침대에 에렌 저놈이 누워 있고, 유나가 그 옆에 쭈구리고 앉아서 자고 있단 말인가?

설마……. 아니기를 바랐는데…….

믿을 수 없는 광경에 분노가 끓어올랐다. 여왕을 보호해야 할 의무가 있는 놈이, 어째서 여왕의 침대에서 자빠져 잠들어 있는 것인가? 기사로서 수치다!! 생각 같아서는 당장 저놈을 쳐서 끌어내리고 싶지만…….

유나를 조심스럽게 안아 올리자 깨어나는 기척이 느껴진다. 이 천방지축에 오지랖이 넓은 여왕님을 어찌하면 좋을까…….

"왜 저놈이 여기 있는 거야?"

"내려놔~~~. 안 그러면……!!"

"안 그러면? 또 소리라도 칠 거야? 힘도 없는 주제에 재상과 맞서서 어쩌겠다는 거야? 그리고 에렌은 왜 감싸고 돌아?"

"그게 리이노랑 무슨 상관인데?"

아니, 나한테 이렇게 또박또박 달려들고 말대꾸를 하는 이 조그마한 애가 어떻게 봄을 불러온 것인지 신기할 지경이다……. 대체 누굴 사랑해서 네 마음이 사랑으로 가득 차 봄을 불러왔단 말인가?

"손은 또 왜 이래? 어디서 다친 거야? 어느 놈이야?"

"아……, 아무것도 아냐……."

숨기는 것도 영 수상하다!

"저 친구 빨리 깨워서 내보내—. 안 그러면 내가 깨워서 창밖으로 던져버릴 거야!"

불쾌한 감정이 치밀어 올랐지만 저 침대에 누워 있는 한심한 놈처럼 되고 싶지 않아서 최대한의 인내심을 가지고 말했다.

"에렌은 내 수호기사니까 내가 지켜줄 거야!"

"누가 누굴 지킨다고?"

유나 이 아이는 대체? 내 인내심이 어디까지인지 매번 실험하려 드는 건가?

"보기 싫으니까 저리 가—! 가서 리베라나 신경 써. 다음 추수 감사절까지 리베라의 기사가 되든지 말든지 알아서 하라고!"

"무슨 소리야? 다음 추수 감사절까지 뭐라고?"

뜬금없이 무슨 소리야?

"그렇다고 토너먼트에서까지 리베라를 위해 싸울 필요까진 없었잖아?"

맥락은 뒤죽박죽이지만 유나는 내가 리베라를 위해 토너먼트를 한 게 마음에 안 들었고, 리베라에게 휘말려 뭔가 약속을 했고, 그게 나와 관련 있는 듯하다.

일단 이 발버둥치는 유나를 차분하게 진정시키고 이야기를 좀 들어봐야겠다. 대체 왜 이렇게 흥분하고 나에게 화를 내는 거지?

"내가 왜 또 리베라의 기사지? 이제 끝난 거 아냐?"

"리베라가 화관을 받게 되면 추수 감사절까지 리이노를 자신의 기사로 계속 임명하기로 했단 말이야!! 나도 다른 여자에게 화관 바치는 기사 따윈 필요 없어!"

"리베라의 기사를 다음번 추수 감사절까지 계속하라고? 혹시 너, 나랑 멀어지는 게 싫어서 일부러 그런 약속을 한 건 아니지?"

유나가 아직 순진한 아이라는 걸 잊었다. 이래서야 어떻게 앞으로 왕궁에서 살아간단 말인가?

"그런 내기나 약속을 했으면 결승전에 있었어야지!! 아니면, 넌 내가 계속 엘리샨에 머물었으면 하는 거야?"

대답 대신 유나는 감정이 폭발하여 내 가슴을 때리며, 그동안 참아왔던 서러움을 한번에 쏟아내듯 울음을 터뜨렸다.

"리이노가 이런 심술쟁이 기사일 줄 알았다면 죽어도 안 따라왔을 거야……! 엉엉……."

그녀의 눈물에 내 마음도 함께 뜨거워진다. 유나는 겉으로 표현은 하지 않았지만, 리베라에게 화관을 빼앗긴 것이 몹시 분했나 보다. 그리고 판타스마에 와서 쭉 믿고 의지해온 내가, 다른 사람의 기사 노릇을 하는 것에도 스트레스가 많았던 듯하다.

"그래서 넌 네 보호나 받는 저런 불량한 기사들이 더 좋다는 거냐? 기껏 힘들게 데려왔더니 저런 놈들에게 자신을 맡기고……."

"그런 식으로 말하지 마! 모두들 얼마나 훌륭한데. 리이노와는 비교도 안 될 정도라고! 상냥하고 터프하고 똑똑하고, 게다가……."

거기까지다! 쉿—, 조용히……. 더 이상 들어줄 수가 없어! 네 입으로 저놈들을 칭찬하는 건…….

그녀의 입술로부터 강제로 소리를 차단하고 혀로부터 말을 빼앗은 순간, 시간은 멈추고 세상은 조용히 사라졌다.

……그래……. 생각을 멈추고 이 달콤하고 부드러운 강렬한 순간에 자신을 맡겨봐, 유나……. 그녀의 온기와 미친 듯이 뛰는 심장 소리가 마구 전해진다……. 내 옷깃을 잡아 뜯으며 내 품안에서 격렬하게 몸부림치는 유나를 느끼며, 그녀의 기사로서의 자제심을 겨우겨우 소환해 정신을 차렸다.

그 짧고도 길게 느껴지는 순간으로부터, 다시 세상이 움직이기 시작하는 듯했다.

빨갛게 상기되고 거친 숨을 몰아쉬며 화가 난 눈으로 날 쏘아보는 유나의 모습에, 다시 빠져들 것만 같았다. 비현실적으로 매혹적이라고 느껴져서 순간 위험하다고 생각했다.

"네가 날 싫어하고 있는 동안엔 판타스마에서 가장 안전한 남자는 나야! 기억해 둬—.”

여왕의 수호기사란 의미는 ‘판타스마의 수호기사’란 의미야……. 지금은 그게 무슨 뜻인지 모르겠지만 차차 알게 될 거야.

“한 번만 더 나에게 손대기만 해봐.”

저렇게 발끈한 걸 보니 다시 씩씩해진 모양이다.

“그러니 너도 쓸데없는 소리 하지 마—!! 흠……, 뭘 새삼스레. 한두 번도 아니면서…….”

“내 손에 죽고 싶어?”

정말 촛대를 들고 달려들 기세다. 하하하, 유나 너의 그런 발랄함을 지키주기 위해 내 목숨과 충성을 너에게 바쳐도 좋아…….

“아 참, 저놈 좀 당장 깨워서 멀리 보내버려. 재상이 의심해도 물적 증거가 없으면 그도 어쩔 수 없을 테니까.”

아……, 밤공기가 뜨거운 열기를 식혀준다.

유나는 왜 날 무서워하거나 두려워하지 않는 걸까? 신기하단 말이야. 하하하…….

“약속한 내 물건을 돌려받으러 왔지, 공주님.”

잠시 영지를 다녀와서 토너먼트 우승자 화관의 대가인 ‘겨우살이 단검’을 받기 위해 리베라 공주의 궁으로 복귀했다.

그런데 궁으로 들어서는 순간부터 공기가 탁하고 기운이 이상하다. 설마 내가 잠시 자리를 비운 사이에 저 공주가 또 무슨 음모라도 꾸미고 있었던 게 아닐까?

"아! 겨우살이 단검 말이군요. 저 탁자 위 상자 안에 있으니 알아서 가져가요."

리베라 공주는 눈도 마주치지 않고, 당황한 기색이 역력한 게 거동이 영 수상하다.

게다가 이 찜찜한 느낌은 이 검으로부터 나오는 기운이 아니다. 이 검이 진짜지 아닌지는 바로 실험해보면 알겠지. 여기 들어왔을 때부터 계속 내 신경을 거스르던 저 커튼 뒤에 뭐가 있는지……. 몸을 틀어 단숨에 커튼 쪽으로 단검을 던지자마자 커튼 뒤에서 쉬익! 하고 역하고 불쾌한 소리와 함께 둔탁한 것이 부서지며 검은 연기가 먼지처럼 흩어졌다.

"꺄아아아아~~~~~~!!"

리베라 공주가 갑자기 비명을 지르며 두 손으로 입을 틀어막았다.

"저……, 저거, 진짜였어! 다……, 단검이 어둠족의 피를 가진 것들을…… 진짜로 먼지로 만들어버렸어!"

공주는 말을 더듬으며 뒷걸음질을 치다가 벽에 등을 부딪히고는 그대로 주저앉을 뻔했다. 눈앞의 일이 믿기지 않는 듯, 두 눈을 크게 뜬 채 나를 바라보았다. 하얀 얼굴엔 핏기가 사라지고 눈동자엔 충격이 고스란히 남겨 있었다.

"저런 저급한 흑마술사가 왜 이 궁 안에 있지……? 방금 전, 분명 흑마술을 썼던 기운이 느껴지는데……?"

나도 최대한 감정을 자제하려 했지만, 위협적인 목소리가 새어 나왔다. 궁안에서 흑마술은 엄격히 금지다! 발각되는 순간 신속하게 처분을 받는다. 이 영악한 공주가 손님을 맞이하는 이 방에서 대체 무슨 짓을 저지르고 있었지? 만약 그것이 유나와 관련이 있다면……. 상상만 해도 불쾌해진다.

"그…… 어……, 어둠족 혼혈인 노파는…… 내가 데려온 게 아냐!!"

흥분한 리베라 공주가 당황스럽게 목소리를 높였다.

"병든 새들을 치유하기 위해 내 시녀가 몰래 불러들인 거라고. 나도……, 나도 궁전 안에서 흑마술을 써서는 안 된다는 거 정도는 알아. 하지만…… 내 새가 정말 죽어가고 있었단 말이야. 불치병이었어. 다른 방법이 없었다고!"

예상대로다. 리베라 공주는 겁먹은 얼굴을 하고 있지만, 그 속 어딘가엔 자신이 상황을 통제할 수 있다고 믿는 오만함이 스며 있다. 말을 하고 있을 때 떨림조차도, 진심에서 우러나온 것이라기보다는 누군가의 동정을 유도하기 위한 계산된 영악함이 느껴졌다.

"당신의 기사로서 충고 하나 하지! 어둠의 마법에는 손대지 않는 것이 좋아. 당신 언니들처럼 영원히 어둠 속에서 저주 받은 삶을 살고 싶지 않다면."

흑마술이 어떤 대가를 요구하는지, 누구보다 잘 알 텐데……. 하지만 어리석은 자들은 언제나 사악한 욕망에 눈이 멀어 손쉽고 달콤한 힘의 유혹에 이성을 놓아버리지. 결과만을 탐하다가 결국 그 힘이 자신을 삼킨다는 걸 모른 채, 끝내 스스로를 파멸로 이끌어버리고 만다. 나는 그런 몰락을 수도 없이 지켜봐왔다. 핏줄 하나 바뀌었을 뿐, 리베라 공주는 다를 거라 믿고 싶었지만……. 만일 이 아이 역시 언니들처럼 그 어둠의 손길을 뿌리치지 못한다면—— 그 순간부터는, 두 번 다시 돌아올 수 없는 길을 걷게 되겠지.

영광도, 왕위도, 이름도. 아무것도 남지 않은 채……. 비참하게.

그때, 창밖으로 유나의 모습이 보였다. 역시 헛것을 본 게 아니다. 유나가 이 시간에 리베라의 성에 있을 리가 없는데?

리베라 공주에게 더 추궁하고 싶은 것이 많았지만, 더 이상 물어도 제대로 된 대답을 하지 않을 것 같다.

"좋아! 다음 추수 감사절까지— 공주님, 당신이 여왕에게 어떤 게임을 걸 작정인지, 바로 옆에서 지켜보며 끝까지 즐겨주지."

대체 유나에게 무슨 짓을 한 걸까…….

유나가 궁에서 사라졌다.

어젯밤 다른 두 명의 수호기사들을 데리고 궁전을 나갔다고 한다. 유나도 유나지만, 아직 풋내기 티를 벗지 못한 저 수호기사란 놈들도 유나랑 죽이 척척 맞아 언제나 함께 사고를 친다. 저런 철부지들을 왜 유나 옆에 붙여놓은 거야? 그들이 유나와 함께 운명처럼 엮여 있는 것이 영 못마땅하다.

셋은 에렌이 있는 토이어 마을로 갔을 거라는 소문이다. 켄트 재상은 여왕의 귀환을 빨리 돕겠다는 명목으로 지명 수배를 내려버렸고……. 헤르미네가 이끄는 호위병들은 벌써 토이어 마을로 출발했다. 유나를 힘들게 해서 그녀의 기를 꺾을 생각인 것 같다.

궁을 벗어나면 아마 고생깨나 하게 될 텐데……. 내가 가서 데려온다고 해도 따라오지도 않을 거고.

예전 같으면 이 사건은 보통 사건이 아니다. 왕궁을 나갔다가 영원히 유폐된 여왕도 있었다. 여왕이 궁을 버리고 사라진다는 것은 그만큼 심각한 일이다.

그래도 이번엔 유나가 궁을 나간 것이 '나' 때문이라고 생각하는 사람이 아무도 없다는 점이 다행이다.

슈베어 마을 장로 히멀은 대관식 이후 계속 엘리샨에 머물고 있다고 한다.

그는 판타스마 역사상 가장 위대한 마법사로 손꼽힌다. 사실 히멀이 쓴 책은 겨울 동안 심심해서 거의 다 읽어보았다. 주로 역사나 식물학, 자연현상 등등, 그의 마법서나 비서(秘書)를 빼고 전부. 그는 판타스마에 위기가 닥칠 때마다 늘 해결책을 제안했고, 비약이나 수면제도 그가 만들었다.

그는 정치적으로 어느 편도 아니라고 하지만, 전통적으로 슈베어 마을은 빛의 종족과 가깝고, 둥켈 마을과는 가장 거리가 먼 다른 부족이기도 하다. 몇 백 년 동안 내가 여왕을 데려오거나 그 여왕이 파멸해갈 때, 히멀은 어떠한 행동이나 견해를 말하지는 않았지만 나는 그자가 항상 뭔가를 숨기고 있다는 느낌을 받았다. 세 명의 수호기사에 대한 것들도 어쩌면 저 히멀 노인네가 뭔가를 알고 있을 것만 같다.

“그래서 자네가 날 찾아온 건가? 수호기사에 대해 알고 싶다고?”

“당신들 의도는 알겠지만 왜 저런 애송이들로 수호기사를 꾸린 거지? 저 풋내기들은 내 상대가 못 된다고! 좀 더 제대로 된 기사들을 붙여두지 않은 이유가 궁금했을 뿐이야.”

“리이노 자네는 이번에 왜 저런 어린 여왕을 데려왔는가? 공교롭게도 우리가 정한 수호기사와 지금의 여왕이 같은 또래라 난 자네에게 정말 감사하고 있다네.”

‘……?’

“아이들은 빨리 자라지. 짧은 봄 동안에도 어른이 돼. 여기 판타스마에서는…….”

“그리고 금세 사랑을 하고……. 나는 자네가 어린 여왕을 데려와줘서 고마울 지경이야.”

“자네에게 사랑을 느껴 봄을 불러왔을지는 모르지만, 저 나이 또래는 저렇게 함께 어울리는 동안에 자신도 모르게 눈이 맞고 사랑을 배우지 않겠는가. 허허.”

“설마……. 내가 지금까지와 달리 어린 여왕을 데려올 걸 예언했다는 거야?”

‘이자가 정말……? 그런 게 가능할 리가…….’

“아니, 예언이라니. 그 정도는 우리도 못 하는 걸세. 하지만 자네는 한 번도 같은 성향이나 타입의 여왕을 데려오지 않았지. 어린 여왕을 빼고는 말일세……. 예언은 아니지만 예견을 해본 걸세. 그만큼 우리는 절박하니까, 허허허."

무슨 이런 말도 안 되는 억지스러운 이유를 내뱉는 거지? 역시 능구렁이 같은 노인네라 그런지 쉽게 속내를 드러내지 않는다.

유나가 궁을 나간 지 보름이 다 되어간다. 헤르미네가 이끄는 호위병이나 켄트 재상의 수배를 따돌리고 이런저런 마을을 다니며 여러가지 사건들을 일으킨다는 소식이 궁전에 전해진다.

궁에 없어도 여왕의 일거수일투족은 관심의 대상이고, 심지어 그만큼 영향력이 있다. 어디로 튈지 모르는 여왕의 성향이 이곳 판타스마 사람들로 하여금 유나에게서 눈을 뗄 수 없게 만드는 듯하다. 그녀의 행동 하나하나가 사람들의 주목을 끌고, 그녀의 예측할 수 없는 행보가 그녀에게 계속 집중하게 한다.

비가 내린다. 빗방울 소리가 마치 내 마음을 울리는 듯하다. 유나가 나 없이 다른 사람과 함께 잘 어울리고 있는 상황을 생각하는 것만으로도, 왠지 마음이 물에 젖은 것처럼 무겁다. 그리고 그 무게가 점점 더 무거워지는 느낌이다.

5장

'너'라는 존재의 즐거움

어젯밤 늦게 궁으로 귀환한 유나가 아침 일찍 켄트 재상과 대신들을 대회의실로 소집했다고 한다. 판타스마 역사상 이런 일은 한 번도 없었다. 대회의실에서 유나와 켄트 재상이 격렬하게 언쟁하는 것을 대신뿐만 아니라 궁의 많은 사람들이 모여들어 구경을 하고 있다. 이런 풍경은 본 적도 없는 진기한 풍경이라 모두들 흥미로워하고 있다.

유나가 선머슴처럼 머리를 짧게 자른 것만으로도 사람들에게는 충격일 텐데, 나와 함께 지낼 때처럼 자유분방한 옷을 입고 있다. 판타스마에서는 본 적도 없는 요상한 복장이라 낯설기는 해도, 유나의 개성이 잔뜩 묻어나서 자신감이 넘치는 모습과 어울린다. 내가 잘 아는, 투지가 넘치는 씩씩한 유나의 모습이다. 저런 모습일 때는 나도 상대하기가 벅찼으니 켄트 재상 따위에 물러설 유나가 아니다.

유나 옆에 서 있는 수호기사들을 인정하고 싶진 않지만, 그들의 존재가 유나의 자신감에 한몫하는 것 같다. 그들 덕분에 유나는 천군만마를 얻은 듯이 당당하고 자신감 넘치는 목소리를 낼 수 있는 것처럼 보인다. 그런 모습을 보고 있으면, 나는 할 수 없는 역할이라는 생각이 든다. 내 존재는 유나에게 오히려 부담이 될 뿐인데, 그들과 함께 있을 때 유나는 더욱 빛나고 힘을 얻는 듯하다.

그때, 대회의장에 울려 퍼진 리베라 공주의 큰 웃음소리가 뜨거운 언쟁의 열기를 순간 가라앉혔다.

"여왕이 재상의 정치 문제에 참견을 하다니……, 전대미문의 사건이군요. 호호호."

리베라 공주가 모두를 대변하듯 박수를 치며 한마디를 던졌다.

"리이노 당신은 정말 대단한 여왕을 모셔왔군요. 이렇게 재밌는 구경은 하도 오랜만이라."

모두들 리베라 공주와 비슷한 생각을 품은 채 유나와 재상의 논쟁을 지켜보고 있다. 재상에게 이렇게 대놓고 큰소리칠 수 있는 사람은 이 궁전 아니, 판타스마에는 없기 때문이다. 켄트 재상은 사실 모두에게 호감을 받고 있는 인물은 아닌 데다가, 인기와 인정받기에 지나치게 연연한다는 것은 공공연한 사실이다. 그래서 누군가가 자기에게 도전하는 것을 못 견딘다.

"대체 여왕 교육을 어떻게 했길래 남자들이 하는 일에 끼어들고, 아랫사람들에게 시키면 될 걸 굳이 혼자 나서서 이것저것 한다는 거죠? 또 옷차림은 저게 뭐에요? 상스럽게, 여왕답지도 않고……."

"백성들의 세금이나 노역 문제가 뭐라고 여왕이 나서서 재상과 반목하고, 여왕이 알아서 뭘 한다고……. 안 그래요, 리이노?"

리베라 공주의 입장에서 보면 당연한 말이지만, 유나는 이세계 사람이라 그런지 처음부터 남자가 하는 일 여자가 하는 일에 대해 차별을 두는 것을 본 적이 없다. 심지어 못 하는 일도 마찬가지였지만. 여자면서 바느질도 잘 모르고…….

내가 데려온 이전 여왕들은 판타스마에서 그리 행복하지 못했다. 여왕의 정체성을 찾아주는 것은 내 역할이 아니다. 각자의 개성대로 자기 스타일의 여왕으로서 군림해왔다. 여왕에게는 최대한의 예우과 권력과 편의가 제공된다. 봄이 계속되는 한.

유나가 여왕으로서 판타스마에 적응해 나가는 방식이 새롭고 다를 뿐……. 나와 생활할 때도 그랬다. 스스로 생각하고 스스로 헤쳐 나갔다.

여왕으로서 유나는 판타스마를 어떻게 사랑하며 나아갈까……?

지금까지 그 어떤 여왕에게도 생각해본 적이 없는 질문을 던져본다.

이제 곧 어둠의 숲 사냥 시즌이다. 사람들은 어둠의 숲 소탕전이 끝나기 전엔 판타스마에 진정한 봄이 왔다고 여기지 않는다. 사냥 준비를 위해 연일 궁 안은 물론이고 판타스마 곳곳에서 무기와 기사들이 모여들어 어수선하다.

유나는 왕궁으로 귀환한 후 이전보다 평판이 좋다. 재미있는 여왕이라고 생각하고들 있다. 수호기사들과 검술 시합을 한다든가, 궁 밖을 나가 여전히 엘리샨의 여기저기를 돌아다니며, 판타스마 사람들이 어떻게 지내는지 관심이 많다고 한다. 에렌에게는 정치에 관한 공부 등 여러가지 과외를 받고 있다고 들었다.

평온하게 잘 적응하고 있는 유나와 달리, 나는 히멀이 했던 이야기를 계속 생각하고 있다. 아무리 떨쳐버리려고 해도 머릿속에 맴돈다.

"아이들은 빨리 자라지. 짧은 봄 동안에도 어른이 돼. 여기 판타스마에서는. 그리고 금세 사랑을 하고……."

유나는 어쩌면 예전 여왕들처럼 사랑 때문에 눈물 섞인 고통 속에서 살아가거나, 나 하나만 바라보며, 짝사랑으로 마음속 깊은 곳에서부터 시들면서, 매일 시름시름 조금씩 기운을 잃어가던 그런 여왕처럼은 되지 않을 것 같다.

유나가 어둠의 숲 사냥에 함께 간다고 한다!

아아……. 정말 지루할 틈을 주지 않는 아이다!!! 하지만 이번만큼은 절대 안 된다! 말려야 해! 가고 싶은 이유가 더 황당하다. 좋은 곳이든 싫은 곳이든 판타스마에 대해 다 알고 싶다나……? 바보 같은 생각이다. 그러기엔 목숨이 몇 개라도 부족할 거다. 대체 수호기사 놈들은 무얼 하고 있단 말인가? 설마 부추긴 것은 아니겠지……. 지금 저렇게 유나랑 웃고 떠들며 무술 연습이나 하며 놀고 있을 때가 아닌데!! 보고 있으니 더 마음이 답답해진다.

"이 바보를 어떻게 설득시킨담……?"

"당신이 좀 말리지 그래요? 여왕이 어둠의 숲으로 간답니다."

성벽 위에서 유나를 지켜보고 있는데 어느새 수호기사 중 한 명이 다가와 있었다. 금발의 그 요상한 놈이다.

언제부터 와 있었지? 인기척을 느낄 수 없었는데…….

"내가 끼어들 일은 아닌 것 같은데? 자네들 수호기사들이 말하면 될걸? 여왕과는 서로 손발이 척척 맞지 않나?"

"얘기해도 우습게 받아넘긴다고요. 저렇게 의욕이 넘치는데 너무 겁을 주기도 싫고……. 만약 숲에서 여왕이 행여 어둠의 기운에 사로잡혀 이상한 일이 일어난다면, 그런 일은 당신도 싫지요?"

이놈은 어둠의 숲에 대해 뭔가를 알고 있는 듯하다……. 보통 사람들보다 많이…….

"아무리 가까이에서 여왕을 지킨다고 해도 당신이 아니면 힘들 겁니다."

당연하지. 너희들 애송이가 할 수 있는 일이 아니지. 더욱이 어둠의 숲에서는 자기 한 몸도 돌보기 힘든 곳인데 누굴 지키다니.

"리이노 당신은 어둠족의 피도 흐르니까……. 어둠의 숲에서라면 누구보다 믿을 수 있다고 생각되는데요."

이놈이 내게서 무엇을 감지한 거지? 보통 사람은 알 수 없는 것을 어떻게 알아챘을까? 정체가 뭐야? 이놈도 평범한 인간은 아니란 말인데?

"역시…… 처음부터 이상하다고 느꼈지만…… 넌, 빛의 종족과 관련이 있지? 히멀이 보냈나?"

"그 질문에 대답하면 여왕이 어둠의 숲에 들어가는 걸 막아줄 건가요? 맞아요. 그래서 난 어둠의 숲에서는 여왕에게 전혀 도움이 안 돼요."

"흥……. 우습군. 그 따위 조건으로 여왕의 안위를 흥정하려 하다니. 자네 청은 거절하네……."

"게다가 여왕이 어둠의 종족에게 사로잡히면 그 다음엔 또 어떻게 될지 나도 꽤 흥미롭거든."

대답할 가치가 없는 조건이라, 나도 아무렇지 않는 듯 대답을 흘렸지만, 이 문제를 어떻게 해결할지 내가 준비해야 할 모든 것들을 생각해야 한다. 유나에게 무슨 일이 생기면 나도 골치 아프니까…….

한 놈은 전혀 도움이 안 되는 빛의 종족의 피를 가진 놈이고, 나머지 두 놈도 애송이들이니 저런 놈들을 어떻게 믿고 유나를 어둠의 숲으로 들여보낸단 말인가? 유나를 데리고 어둠의 숲에 가서 실체를 조금 보여주면 포기하려나…….

◇◇◇◇

여왕의 침실에 드나드는 것은 어려운 일이 아니지만, 저번 사건 이래, 또 유나가 소리를 치거나 난리를 피우면 곤란하다는 생각을 하며 조용히 동태를 살폈다. 유나는 침실 창가에 서서 오랫동안 멀리 있는 뭔가를 응시하고 있었다. 시선을 따라가니 그곳엔 달빛 아래에서 검술 연습을 하고 있는 에렌이 보였다. 순간 마음 한곳에서 정체를 알 수 없는 복잡한 감정들이 회오리처럼 치솟아 올랐지만 최대한 억누르며 억제된 감정으로 무심히 내뱉었다.

"부질없는 노력을 하고 있군. 널 위해 저렇게 달밤에도 검술 연습이라니……."

말을 하며 차분하게 감정들을 덮어보려고 애썼다.

"꺄~~~~~~~!"

역시 나를 발견하자마자 소리부터 지른다.

"나……, 나가, 당장!!! 여기 올 수 있는 것은 내 기사들뿐이야!!"

'내 기사들이라니……!'

쯧……. 유나는 평소엔 둔한데 가끔은 예리하게 상대의 약점을 정확하게 꿰뚫어 도발한다. 그 순간만큼은 그녀의 타고난 재능과 직감이 무시무시한 칼날처럼 직선적이고 아프게 심장을 파고든다.

"밤놀이나 갈까 해서 데리러 왔지."

아무래도 순순히 데리고 나갈 수 있는 분위기는 아니다. 더 시끄러워지기 전에 데리고 나가야 하는데, 왠지 모르겠지만 유나가 이전보다 훨씬 더 나에 대한 반감이 커져 있는 것 같다.

“꺄~~~~! 뭐 하는 거야? 바람둥이, 이~~ 괴물~~!”

“조용히 안 하겠다면 우선 그 입부터 막고 나서 데리고 나갈까?”

유나가 순간 흠칫 뭔가가 생각난 듯이 얼굴이 새빨개지더니 무서운 눈으로 노려봤다.

“잠시 바람을 쐬러 가는 거니까……, 꼭 붙들어…….”

어둠의 숲은 언제나 그곳에 발을 들여놓은 순간부터 마치 다른 세계로 들어가는 것 같은 느낌이 든다. 무성한 나뭇가지들이 서로 얽혀 빛을 차단하고 달빛마저 집어삼켜, 깊은 숲속은 낮에도 밤처럼 어둡고, 시간의 흐름은 존재하지 않는 것처럼 느껴진다.

들리는 것은, 으스스한 바람의 속삭임과 나뭇잎이 서로 부딪히는 소리. 그리고 그 속삭임을 가르는 짧고 날카로운 소리가 자주 들려온다. 마치 숲속에 숨어 있는 무언가가 자신의 존재를 알리려는 듯 강렬하게 울려 퍼진다. 발밑에서 나는 작은 발자국 소리마저 크게 울리고, 아무것도 보이지 않는 이 으스스한 숲속에서 그 소리는 마치 뭔가를 경고하는 메아리처럼 울려 퍼진다. 그 소리만으로도 음산하고 오싹오싹한 기운이 온몸을 움츠러들게 한다.

이곳에선 모든 감각이 예민해지고, 끊임없이 감지되는 무언가의 존재에 몸이 계속해서 떨린다. 어둠 속에서 다가오는 무언가의 존재가 점점 더 가까워지는 듯한 압박감이 모든 것을 압도하고 있다.

"환영한다. 어둠의 숲에 온 걸……."

"하늘에 달이 있는데 여긴 왜 이렇게 컴컴하지?"

"에취—!"

급히 데려오느라 유나를 위한 보호 장비를 하나도 챙기질 못했다. 유나에게 헉스가 짠 내 망토를 둘러주고, 주변에서 감지되는 괴물들의 기운에 온 신경을 바싹 세웠다. 헉서의 힘이 담긴 망토조차 이 숲속에서는 유나를 제대로 보호하지 못할 것 같다는 생각에 살짝 긴장되기 시작했다. 짙은 어둠 속에서 괴물들의 형체가 서서히 드러났다. 인간의 형태를 하고 있지만 왜곡되고 변형된 괴물들로, 차가운 눈빛이 번들번들 빛나고 있다.

"주위를 둘러봐……. 어때? 가슴 두근거리지? 저런 마귀들과 어울리고 사냥할 거라고 생각하니……."

파프너가 발자국을 뗄 때마다 그것들의 발걸음도 점차 가까워지고 있다.

"봄이 와서 갈 데 없는 사악한 기(氣)가 다 모여 있지. 겨울만큼 그렇게 기승을 부리진 않지만."

바로 그때, 뒤에서 땅이 울리며 무언가가 튕겨 나오는 굉음과 함께, 날카로운 발톱이 유나를 향해 돌진했다. 불타는 듯 붉게 번뜩이는 눈과 피비린내를 가득 내뿜으며 으르렁거리던 그 형체는 삽시간에 나타났다 사라지듯, 눈 깜짝할 사이 귀청을 찢을 듯한 섬뜩한 포효와 함께 눈앞에 쓰러졌다. 칼을 조금만 늦게 뽑았더라면, 정말 위험할 뻔했다.

곧이어 피 냄새를 맡고 어둠 속에서 또 다른 괴물들의 형체가 하나둘 나타나면서 그들의 발자국 소리가 점점 더 가까워졌다.

"여긴 어둠의 기운이 강한 곳이라 어떤 생명체도 정상적인 게 하나도 없어. 네 눈으로 확인했으니 이제 알겠지? 두 번 다시 네가 올 곳이 못 된다는 걸."

이 고집쟁이도 이 정도면 알아듣겠지?

"아니—, 난 그렇다고 해도 이곳이 판타스마의 일부라면…… 피하거나 도망치지 않아."

"뭐라고?"

이 바보 같은 불굴의 '집념'은 뭐냐? 어처구니가 없다!!

"나의 기사들과 판타스마의 기사들이 오는 곳이라면 나도 함께할 거야! 여왕을 만든 건 당신이지만 난 내 맘대로 할 거야!"

정말로 어이가 없다. 설마 지금 나한테 반항하느라 이러는 건 아니겠지? 이 고집은 도저히 꺾일 기미가 안 보인다. 여왕이니 네 맘대로 하라고 내가 가르친 적도 없는데…….
"꺄——아———!!!!"

갑자기 어둠 속에서 공기가 진동을 하며 날카로운 소리와 함께 새 떼가 숲을 가로질러 압도적인 기세로 맹렬히 몰려들었다. 칼날 같은 날카로운 부리와 발톱이 숲의 공기를 찢으며, 번개처럼 내리꽂히듯 일제히 덮쳐왔다. 그 소리와 위세에 파프너도 놀라 뛰어올랐고, 그 충격에 유나가 파프너의 등에서 떨어지고 말았다.

"유나————!!"

순간 등골이 오싹하고 머리가 새하얘졌다. 쓰러진 유나 곁으로 시커먼 그림자가 스멀스멀 다가왔다. 그림자 속에서 형체를 드러낸 괴물은, 찢어버릴 듯 날카로운 발톱을 치켜세우며 유나를 향해 다가섰다. 그 순간, 파프너가 섬광처럼 재빠르게 땅을 박차고 튀어올라 믿기 어려울 만큼 빠른 속도로 돌진했다. 덕분에 나는 가까스로 유나를 안아 올릴 수 있었고, 괴물의 목을 향해 있는 힘껏 칼을 내리꽂으며, 간신히 공격을 피할 수 있었다.

만약, 솟구치는 괴물의 피를 유나가 뒤집어쓰게 되었더라면……. 아, 생각만 해도 끔찍하다. 유나는 분명 무사하지 못했을 것이다. 그 상상만으로도 화가 치밀어 오르고, 스스로가 용서되지 않는다. 숲속에 퍼지는 공포와 위협은 날이 갈수록 짙어지고, 그들의 공격은 이미 목숨을 건 싸움이나 다름없다. 그런데도 유나는 여전히 한가한 소리만 하고 있다.

“너—, 바보 멍청이냐? 이 고집쟁이. 사냥 같은 데 따라오겠다는 거, 당장 취소해! 이제 알겠어? 여기가 어떤 곳인지?”

자신도 모르게 거칠고 큰소리가 나왔다. 놀랐을 유나에게 화풀이를 했다고 생각하는 순간 유나 얼굴에 난 상처를 발견했다. 아까 새들의 공격으로 생긴 상처다!! 이건…… 나 때문에 생긴 상처다! ……자신이 용서가 되지 않았다.

“하……, 하지만…….”

유나도 놀란 기색이 역력하다. 눈을 크게 뜨고 겉으로는 담담한 척하고 있지만 제대로 숨조차 못 쉬고 있다.

그런 그녀를 보며 복잡하고 알 수 없는 미안함과 굴욕감이 나를 집어삼켰다. 이런 기분은 처음이다……. 내 안에서 뜨겁고 불쾌한 화를 닮은 감정들이 마구 휘몰아쳤다.

“넌 왜 드레스나 보석, 안락한 지위 같은 것에 만족하지 못하는 거지?

돌아가자. 내가 시원찮은 호위를 했군."

평소 유나의 수호기사들을 한심하게 여겼던 내가, 지금은 그들과 다를 바 없는 존재가 되어버렸다.

사냥터에서, 내 눈앞에서 여자 하나 제대로 지키지 못하다니! 그것도 피를 흘리게 하고 얼굴에 흠집까지 내다니. 최악이다. 나로 인해 이 모든 일이 일어났다. 머릿속이 복잡하고 가슴이 미친 듯이 뛰었다. 이게 무슨 일이란 말인가?

내가 믿었던 능력, 내 자존심, 모든 것을 다 헤집어놓는 듯한……. 처음 느끼는 무력감이다.

"리이노, 무슨 소리 들리지 않아? 리이노를 부르는 것 같아……."

"신경 쓰지 마……."

어렸을 때부터 어둠의 숲에 오래 머물고 있으면 저렇게 내 이름을 부르는 요괴들이 나타났다. 여기까지 찾아오리라고는……. 혼자라면 모르겠지만, 지금 나는 그런 것 따위에 신경 쓸 여유조차 없다.

"리이노, 그런데 이상하게도 이젠 괴물들이 아까처럼 공격하지 않네."

"그건 검을 빼 들고 있기 때문이지. 이 검 기억나? 언젠가 너에게 줬던 검인데……."

대대로 둥켈 마을 영주들이 사용했고 선대 라인하르트도 사용한 검으로, 많은 괴물과 요괴를 퇴치해서 사악한 기운들을 품고 있어서 검을 뽑는 것만으로도 하급 괴물들은 꼼짝 못 한다.

유나가 자신이 마주한 것이 단지 '어둠의 숲'이 아니라, 그녀 자신이 무엇을 위해 왜 싸워야 하는지에 대한 명료한 자각이었다면 더할 나위 없겠다.

결국, 어둠의 숲 체험은 실패다! 유나는 어둠의 숲 사냥에 참가할 의지를 더 확고히 다졌다. '이런 위험한 곳이라는 걸 알았으니 더욱 기사들만 보내고 자기는 궁전에서 편안히 있을 수 없다'고 한다. 무슨 청개구리도 아니고, 기사라면 칭찬할 만한 훌륭한 기개지만……. 그녀가 여왕이라는 자신의 존재에 대해 좀 더 자각을 해줬으면 좋겠다.

유나에게 둥켈 가문의 가보(家寶)인 '어둠의 검'을 건네줬다. 유나에게 건네는 건 아깝지 않다. 그녀가 이것으로 스스로를 보호할 수만 있다면…….

검을 받아 든 유나가 갑자기 나를 불러 세운다. 이런 순간에도 나는 사소한 설레임이 인다. 그녀가 나에게 무슨 이야기를 할지 기대하면서…….

"판타스마에 봄이 오는 건 여왕이 리이노를 사랑하기 때문이라고 들었어."

드디어 유나도 알게 되었구나. 여왕의 저주와 판타스마의 봄을 불러오는 근원에 대해! 충격을 받았을까? 내가 자기가 사랑하고 있는 대상이라고 드디어 깨달아버린 걸까? 갑자기 심장이 두근거리기 시각했다.

하지만 그런 두근거림도 잠시…….

"난 아냐! 난 당신을 사랑하지 않아!"

"그러니 착각하지 마! 내가 당신을 향해 사랑 어쩌구 하는 감정 따위 갖고 있다고는……. 당신 같은 사람보다는 에렌이나 레온, 쉴러가 훨씬 더 좋으니까! 이 얘기 꼭 해주고 싶었어."

유나는 냉정하고 단호한 얼굴로 그렇게 말하고, 뒤도 돌아보지 않고 궁정 쪽을 향했다. 그녀의 뒷모습이 점점 더 멀어져가는 것을 한참 지켜보며, 지금껏 나를 사랑한다고 소리친 여왕은 많이 봤지만 나를 사랑하지 않는다고 공언한 여왕은 처음이라는 것을 떠올렸다. 듣고 보니 별로 유쾌한 기분은 아니다.

히멀의 이야기가…… 적중하고 있다는 뜻인가……?

"수호기사들이 있으니 정말 내가 필요 없어진 건가?"

유나가 벗어놓고 간 헉서의 망토에 그녀의 온기와 체취가 아직도 남아 있는데……. 내 마음엔 씁쓸함이 퍼져 나갔다.

최근엔 이런 씁쓸한 감정을 냉정하게 억누르고 진정하려 해도 뜻대로 되지 않는 것 같다. 그녀가 내게 관심을 가질 거라는 사소한 기대마저 나를 괴롭히고 있고, 도무지 이해가 되지 않는 스스로의 이런 마음의 동요가 당황스럽고 혼란스럽기만 하다.

6장

이것은 무슨 감정일까?

어둠의 숲 사냥을 시작하기 전날엔 참가자들의 사기를 도모하기 위한 대규모 만찬이 왕궁에서 열린다. 나는 둥켈 마을 영주 자격과 리베라 공주의 에스코트를 위해 참석을 해야만 했다. 판타스마의 대부분의 영주와 주요 장로가 참석하는 연회다.

연회에서는 여왕의 사냥 참가에 대한 조롱과 비웃음이 난무했지만, 유나는 자신감 넘치는 당당한 모습을 보이며, 여전히 활기가 넘쳤다. 수호기사들이 그녀의 손발이 되어, 그녀의 눈빛만으로도 상황을 파악하고 척척 행동하며 도와주고 있었다. 이는 그녀의 강력한 리더십 덕분인지, 아니면 수호기사들의 능력 때문인지는 알 수 없지만, 그들은 완벽하게 그녀를 서포트하고 있었다. 어둠의 숲에서는 모르겠지만, 이제 엘리샨에서만큼은 확실히 수호기사 세 명이 유나에게 큰 힘이 되고 있는 것은 사실이었다.

심지어 유나는 그녀가 새로 시작하는 세금 관련 정책과 복지에 관한 설명을 위해, 영리하게도 그 만찬을 영주와 각 마을의 장로들에게 이해와 승인을 구하는 정치적인 기회로 만들었다. 켄트 재상의 반발 따위에도 아랑곳하지 않고 자기 주장을 밀어붙이는 호기로운 모습도 보여주며 여왕으로서의 권위적인 면모도 드러냈다.

"판타스마의 행복은 곧 여왕의 행복과 함께라죠? 나에겐 백성들의 행복이 곧 나의 행복이에요! 세금 문제뿐만 아니라 학교와 병원도 세울 거예요."

자기를 조롱하던 영주들을 무색하게 만들며 유나가 위풍당당한 여왕의 풍모를 유지하고 저렇게 켄트 재상을 상대로 정치적 논쟁에서도 밀리지 않고 싸울 수 있는 것은 아마 뒤에서 조력하는 에렌의 능력도 한몫하고 있겠지.

그러나 옆에 앉아 있던 리베라 공주는 아까부터 그런 유나의 모습을 내내 초조한 듯 못마땅하게 보고 있었고 드디어, 참지 못해 소리를 질렀다.

"여왕, 충고 하나 할까요?"

리베라 공주가 에렌을 마음에 두고 있는 것은 공공연히 누구나 다 아는 사실이다. 그런 에렌이 만찬 내내 유나와 다정하게 귓속말을 주고받은 데다, 심지어 라이벌인 여왕의 자신만만한 태도가 그녀의 심기를 건드린 것 같았다.

"외부에서 온 여왕이 판타스마와 재상이나 군신들의 질서를 문란케 하는 예는 지금까지 한 번도 없었어요!! 주제넘게 함부로 좀 나서지 않았으면 좋겠어! **여왕의 의무**가 뭐지 착각하고 있는 모양인데!"

리베라 공주의 다소 거친 발언에 연회가 갑자기 조용해지면서 유나와 리베라에게 일제히 시선이 집중되었다.

"리베라 공주가 생각하는 여왕의 그 '**의무**'란 게 뭐지? 봄이 왔잖아? 그 외에 또 내가 납득해야 할 의무나 내용이 있는 거야?"

유나도 지지 않고 반박을 했다.

"날 지금까지 여왕들과 같이 보지 마—!! 날 여왕으로 즉위시킨 건 바로 당신들이야. 내가 좋아서 된 게 아니라고—!! 그러니 모두 내 명령에 따라줘. 안 그러면 나도 내 맘대로 할 거야!!!"

유나가 한 말은 한 마디도 틀린 말이 없었다. 전부 맞는 말이나……. 그렇지만 영주를 비롯해 만찬에 참석한 대부분의 사람들에게 저렇게 권위적이고 여과되지 않는 발언을 함으로써 귀족 전체를 도발한 꼴이 되었다. 모두 유나의 발언에 동요하고 있었다. 새 여왕이 고분고분하지도 않고, 오히려 여왕이라는 명분으로 자기들을 권위적으로 대하는 것은 그 누구도 좋아하지 않는다. 심지어 외부에서 온 여왕이 저런 행동을 하다니, 지금까지 본 적이 없는 여왕의 모습이다.

"뭐라고?"

리베라 공주도 분노로 얼굴이 빨갛게 달아올라 부들부들 떨었다. 이렇게 되면 대부분 사람들은 리베라 공주에게 더 공감할 것이고 유나는 쓸데없이 적을 만들 뿐이다.

"이것 보시오, 여왕!! 그게 여왕이 할 소리요?"

이때다 싶어 재상까지 리베라의 의견에 힘을 실으며 따지고 나섰다.

"보자 보자 하니까 어디서 감히 여왕이……."

"보자 보자 하니까 뭐요? 켄트 재상!!"

결국, 에렌이 벌떡 일어서는 유나를 말렸다. 정치적으로 아직 어리고 연륜이 적은 유나로서는 권력의 속성을 이해하지 못하고 정치적 타협을 모르기에 어쩔 수 없는 상황이다. 유나는 어둠의 숲에서뿐만 아니라, 엘리샨에서도 그냥 두고 보기엔 아직 위태로운 구석이 많다.

"여왕 폐하~~~!! 그럼 당신은 귀족과 영주의 행복은 무시하는 겁니까?"

켄트 재상에 이어 영주들도 제각기 한마디씩 하면서 연회장은 엉망이 되어버렸다.

리베라 공주가 분노로 부들부들 떨면서 벌떡 일어나 나에게로 그 화를 돌렸다.

"리이노~!!! 당신은 어디서 저런 막돼먹은 여자를 여왕으로 데리고 와서는!! 교육이라도 제대로 시켰어야죠."

무슨 교육을 말하는 건가? 자기들 입맛에 맞는 여왕을 원하는데 이번 여왕은 아닌 것 같다는 건가? 나도 그렇고 유나 자신도 그들의 취향이나 요구에 맞게 길들여지기 위해 봄을 부르고 여왕이 된 것은 아니다. 유나가 저렇게 이야기하기 전엔 나도 막연히 느끼고만 있었을 뿐, 그런 생각을 스스로 명확히 해본 적은 없었다.

유나에 대한 분노로 부들부들 떨면서 울고불고 난리가 난 리베라 공주를 궁으로 데려다주고, 내일 사냥 준비를 위해 숙소로 돌아가는 길에 회랑 아래에서 유나와 에렌을 다시 목격했다.

어두운 발코니 아래 앉은 두 사람은 마치 그들만의 세상에 있는 듯 사뭇 분위기가 남다르다. 에렌은 유나의 손을 마주 잡고 뭔가를 속삭이다가 무릎을 꿇더니 유나의 손에 입까지 맞추었다. 순간 심장이 덜컹하고 터져나갈 듯이 뛰었다. 심지어 유나는 가만히 있는 것이 아닌가? 내가 다가갈 때는 그렇게 난리를 쳤는데…….

"에렌……. 저놈이 유나에게 무슨 짓을 하는 거야? 둘이 벌써 저런 관계였다고? 언제부터??"

유나는 나에게 저런 걸 허락하지 않았다. 그녀와 함께했던 기억들이 떠오르며, 마음 한 편이 아프게 찢어지는 것만 같았다. 처음 느끼는 감정이다. 그런데 내가 그녀에게 특별한 의미가 아니었다면, 지금까지 그 모든 순간들이 무슨 의미가 있었던 걸까? 그저 나 혼자만의 기억으로 남아버린 것인가?

"나보고 바람둥이라고 하더니……."

왜, 저 둘은 저토록 함께 있는 것이 자연스러울 수 있는 거지? 에렌을 바라보며 평화롭게 미소짓고 있는 유나를 보니 차갑고 쓰디쓴 감정이 피어났다.

그녀가 나와의 기억을 잊고 새로운 사람과의 관계를 쌓아가는 모습을 지켜보면서, 그녀의 행복을 바라면서도 그 행복이 나와는 상관없는 것처럼 느껴지는 이 씁쓸하고 불쾌한 기분은 도대체 뭘까? 이제는 그녀의 기쁨이 나의 기쁨이 아닌 것으로 변하는 모순 속에서 나는 내 안의 복잡한 마음을 어떻게 해야 할지 몰라 점점 혼란 속으로 빠져들었다.

유나는 새로운 연애를 시작한 걸까? 판타스마의 저주 이래, 간혹 내가 데려온 여왕들 중 나를 바라보다 지쳐 다른 사람과 연애를 시작한 여왕도 있기는 했지만 결국 오래가지는 못했다. 종국에는 대부분 여왕들이 모두 나를 원망하며 눈물과 고통 속에서 살다 사라졌다…….

여왕의 개인적인 삶이 무너지기 시작하면 결국 판타스마의 봄도 함께 무너지고 겨울이 온다.

유나가 이전 여왕들과 다른 점은 '공적 마인드'를 가졌다는 것이다. 그녀는 자신만의 사적인 행복이나 만족을 바라지 않고 주변 사람들이나 백성들의 행복도 늘 함께 생각하며, 그들의 행복과 자신의 행복이 같다고 생각하는 것 같다. 그러니 유나에게는 나와의 관계뿐 아니라 판타스마 전체의 모든 것이 중요했던 것 같다. 어둠의 숲도 그런 의미에서는 마찬가지였으리라.

유나가 나와의 사적인 연애와 상관없이 봄을 불러올 수 있는 힘을 지닌 것도 그래서일지도 모르겠다.

유나는 마치 구름 사이로 스며드는 햇살처럼 따뜻한 시선으로, 먼 미래를 향해 꿈과 희망을 품고 있다. 그녀의 그런 점이 나뿐 아니라 수호기사들과 많은 이들의 마음을 사로잡는다. 그녀의 매력은 단순한 아름다움을 넘어, 사람들의 가슴속 깊은 곳에 가라앉아 있는 숨어 있는 감정을 일깨우는 마법 같은 힘이 있다.

어둠의 숲 사냥에 함께 온 유나의 평판은 의외로 나쁘지 않다.

기사들이나 병사들과 함께 기동성 있게 잘 움직이고, 상황에 따라 사기를 충전시키기 위해 격려와 포상, 인정을 해주고 휴식과 보급도 신경 쓰며 부상자들을 후방으로 즉각 후송하는 것에도 직접 나서서 적극 대응하는 등 체계적으로 지휘를 잘하고 있다.

저런 것들은 모두 유나 혼자 해낼 수 있는 게 아니다. 분명 그녀 뒤에 있는 에렌의 영향이나 조력이 큰 것이겠지. 유나가 에렌을 신뢰할 수밖에 없는 이유 중 하나일 거다. 그래도 휘르스트 가문은 신뢰할 수 없다. 뼛속 깊이 정치적인 가문이라, 지금은 괜찮다고 해도 언제든 상황과 입지에 따라 여왕의 적이 될 수 있다.

유나가 어둠의 숲으로 오겠다며 고집을 꺾지 않고 나와 함께 여길 다녀간 후, 나는 밤마다 이 어둠의 숲으로 와서 매일 한바탕씩 휘저어놓았다. 험한 것들의 개체 수를 많이 줄여놓긴 했지만 그로 인해 나도 파프너도 근래 굉장히 힘든 매일매일을 보냈다. 정말 유나는 손이 많이 가는 여왕이다. 날 이렇게 고생시킨 여왕은 없었다. 그런데도 불구하고, 유나는 날 좋아하지 않는다고 하다니!

날 좋아하지 않는 여왕을 위해 난 무슨 짓을 하고 있는 건지…….

그나저나 오늘은 예감이 안 좋다. 기분 나쁜 차갑고 눅진한 안개가 숲을 삼킬 듯 짙게 깔려 있다. 사냥이 사흘을 넘기면 사고가 잇따르고, 시간이 지날수록 긴장도 풀려 경계심이 흐트러지기 마련이다.

역시 벌써 저쪽에서 다급한 소리가 들려온다. 수호기사 중 한 놈이 피투성이가 되어 소리를 지르고 있었다!!

"놔~~! 여왕을 찾으러 갈 거야~~! 이러고도 수호기사라니, 젠장~! 만지지 마!!"

수호기사들에게만 유나를 맡기는 게 아니었는데. 유나에게 무슨 일이 생긴 건가?

설마…….

"숲 한가운데야! 한가운데라고!!! 거긴 요괴들이 얼마나 많을 거야?"

"여왕이 간 곳이 숲 한가운데야?"

대답을 확인한 순간, 마음이 서늘하게 얼어붙고 송두리째 동요되었다. 분노가 치밀어 오르는 걸 참으며, 나도 모르게 떨리는 손으로 창 자루를 움켜쥐었다.

"가자――! 파프너, 서둘러라. 큰일이다!"

"거긴 유나가 가면 절대로 안 돼!!!"

더 늦기 전에 어둠의 숲의 어두운 심장부를 향해 죽을 각오로 달렸다. 어둠의 숲 가운데는 여왕들의 무덤이 있다. 젠장……. 가장 우려했던 일이 벌어졌다. 거기로 가지 않길 바라지만, 어쨌든 유나가 더 깊숙이 가기 전에 찾아야 한다. 유나 이 멍청이가 내 말은 듣지 않고 저 애송이들이랑 겁도 없이 돌아다니더니……. 여왕 하나도 제대로 지킬 수 없는 놈들이 뭐가 좋다고 함께 어울려 다니고……. 방심한 나에게도 책임이 있다.

"유나――――――――――!"

"유나――――――――――――!!!"

아……. 어디에 있는 거야?

"파프너, 유나가 느껴져?"

빨리 찾아야 한다! 며칠 전, 유나와 이 어둠의 숲에서 경험했던 끔찍한 사건이 떠오르며 내 심장이 미친 듯이 쿵쿵 뛰기 시작했다. 그때의 초조함이 다시 밀려오는 것만 같았다. 차가운 땀이 등을 타고 흘러내리고, 유나가 다친 기억이 눈앞을 가득 채운다. 그때의 그 싫은 기억을 두 번 다시 맛보고 싶지 않았다. 무엇보다 그녀를 잃을지도 모른다는 두려움으로 온몸이 타들어가는 것 같다.

"저기다――!!! 젠장……. 백골기사단이라니!! 파프너, 유나가 저기에 있는 거야?"

백골기사단의 집요한 공격 따위는 문제도 되지 않지만, 파프너가 이끄는 대로 유나를 구하러 가는 길은 끝없이 길게 느껴졌다. 이놈들은 완전히 산산조각 내지 않으면 다시 부활하는 귀찮은 놈들이다. 아무리 나라도 체력엔 한계가 있다. 하지만 유나를 구하기 위해서 힘들어도 백골들의 목을 겨냥하며 돌진해나갔다.

'제발 무사히 다치지만 마라……. 유나……!!'

그들의 수가 더 늘어나기 전에 빨리 구출해야만 한다는 일념으로 겨우겨우 뚫고 나아가고 있던 바로 그때! 내 눈에 들어온 것은 상상도 못한 광경이었다. 피투성이가 된 유나의 모습이었다!! 터질 듯이 뛰기 시작한 심장을 필사적으로 진정시키며 자세히 보니, 에렌이 유나를 지키기 위해 온몸을 던져 그 모든 공격을 맞고 쓰러져 있었다. 피로 흠뻑 젖은 그의 몸은 마치 고슴도치처럼 온몸이 화살로 덮힌 채 죽음의 무게에 짓눌린 듯 무겁게 가라앉아 있었고, 다행히 유나는 무사해 보였다.

"빨리 가자. 여기서 꾸물거렸다간 나도 힘드니까……."

"좀 도와줘……. 에렌이 굉장히 많이 다쳤어……."

유나는 창백한 표정으로 덜덜 떨면서 화살로 피투성이가 된 에렌의 몸뚱이를 붙잡고 있었다. 눈빛은 불안에 휩싸여, 그 어떤 말로도 표현할 수 없을 정도로 고통스러워 보였다.

너무나 예상한 유나다운 반응이라 별로 놀랍지도 않았지만, 나는 모든 감정을 내려놓기로 했다. 그녀를 지키는 것이 내 의무이고, 이 의무를 끝내야만 한다. 지금 이 순간, 여기서 어떻게 그녀를 데리고 나갈지, 그것에만 집중하기로 했다.

"세 명이 말을 타고 여길 빠져나가는 건 무리야……."

그가 살아날 수 있다면 유나에겐 더할 나위 없이 좋은 일이겠지만, 가망이 없어 보인다. 게다가 이미 죽어가는 사람 때문에 여기서 함께 죽을 수는 없는 일이다.

"무슨 소리야? 에렌을 두고 가잔 말이야? 안 돼——!! 두고 갈 수 없어!!!"

유나는 절규에 가까운 비명을 질렀다.

"살고 싶으면 내 말을 들어——!!"

"놔~~! 이거 놓으라고!!! 에렌을 두고 갈 수 없단 말이야……. 나 혼자

가는 건 싫어~~~!”

실랑이를 벌이고 있을 여유도 없어서 유나를 억지로 낚아채 말에 태워 보았지만, 역시 저항이 만만치 않다.

혼신의 힘으로 발버둥을 치며 악을 써서 에렌과 함께 있겠다고 난리를 치는 바람에 도무지 이대로 데리고 갈 수 없는 상황이 되었다. 기절이라도 시켜서 데려가야 하나? 그런 마음도 굴뚝 같았지만, 유나를 때리거나 내리칠 자신도 없거니와, 그렇게 해서 유나를 데리고 간들 유나가 평생 날 안 볼 것 같았다.

유나는 널브러진 송장 같은 에렌에게 딱 들러붙어 떨어질 생각을 안 한다. 도저히 에렌과는 떨어지지 않을 기세다.

“여기가 어딘 줄이나 알고 하는 소리야? 살아 있는 인간 따위가 있을 곳이 아냐.”

“싫어! 놔!! 좀 도와주면 어때서? 그러니까 리이노가 싫은 거야! 가려면 혼자 가. 난 에렌과 함께 아니면 안 갈 거야!! 엉엉~~~.”

유나의 고집을 이해하지 못하는 건 아니다. 그녀는 터무니없이 자비롭고, 그를 소중히 여기고 있다는 것도 안다. 그러나 이러고 있다가는 우리 모두 최악을 맞이할 수도 있는 상황이다. 시간이 없다.

‘나보고 어쩌라는 거야? 정말 제정신이 아니군…….’

이런 상태로는 도무지 방법이 없다.

‘여기서 저런 놈 때문에 함께 죽겠다고?’

스스로 갈피를 못 잡고 있던 그때……. 갑자기 한기가 파고들며 얼음처럼 차가운 무언가가 서서히 다가오는 게 느껴졌다. 바람 소리와 함께 우—우— 하는 진동이……. 이건 단순한 떨림이 아니다. 점점 다가오는 기분 나쁜 그 기운은 음산하고 커다랗고 묵직한 무언가를 끌어당기며 다가오는 것 같았다.

아……, 늦었다!! 결국…….

공기가 순식간에 무겁게 변하며, 몸을 돌리기도 전에, 예상치 못한 기운이 나를 향해 뻗쳐 날아오기 시작했다.

"유나, 내가 준 검은 갖고 있지?"

"잃어버렸어……."

"뭐어———?"

대체 이 아이는 어떻게 된 게 이런 순간마저도 내 기대를 이토록 철저히 저버릴 수 있단 말인가?!

"그게 있었으면 에렌도 이렇게 되지 않았을 거야. 말이 갑자기 달리기 시작해서 어디다 떨어뜨렸는지 잘 모르겠어……."

"파프너를 타고 당장 여기를 떠나. 그 녀석을 데리고 가든 말든 맘대로 해! 보나마나 거의 시체나 다를 바 없는 상태인데. 도와달란 불평은 말라고."

"나도 지금은 여유가 없으니까……."

가슴 깊숙이 얽히는 긴장감이 나를 집어삼켰다.

'유나가 탈출할 때까지만이라도 내가 미끼가 되어 그녀가 여왕인 걸 알아차리지 못하도록 유인해야만 한다!!'

검을 뽑아든 순간, 갑자기 몸이 공중으로 부웅 떠올랐다. 매캐하고 지독한 악취와 함께 강렬한 힘에 의해 저절로 차가운 구름 속으로 끌려 들어갔다.

"죽여-! 죽여-, 죽여라―――!!!!"

'아! 큰일 났다!!'

원념(怨念)들이 유나를 발견했다!! 유나가 위험해!!

'**겨우살이 단검!!!!** 그래!!!! 이게 도움이 될지도 몰라!'

"유나!!! 이걸 받아!!"

허리에 차고 다니던 겨우살이 단검을 있는 힘껏 유나를 향해 던졌다.

"어서 그 검을 뽑아 들어~~~~!!"

동시에 유나의 운을 믿으며 절박하게 외쳤다.

사지를 비틀어 끌어당기며 마침내 죽은 여왕들의 끔찍한 모습들이 차례차례 드러났다. 이미 인간의 형태는 잃어버리고 변형되어 피가 마르고 썩은 피부 냄새가 진동하며, 사악한 원한이 서린 공허한 눈을 한 채 마치 짐승의 울부짖음 같은 소리로 연신 내 이름을 속삭이고 있었다. 질식할 것 같은 매캐한 독기를 뿜어내며 긴 팔과 머리카락으로 나를 옥죄고 휘감아 그들의 세계로 끌고 가려고 했다.

이 죽은 여왕들의 원념을 상대로 아무리 싸우려 해도 힘은 점점 더 빠져나가고, 고통은 내가 감당할 수 없을 정도로 강하게 밀려와 나를 깊은 나락 속으로 끌어당겼다. 아……. 이런 고통은 나도 처음이라 어쩔 수 없다. 이미 내 몸을 움켜잡아 온몸이 얼음으로 베어내는 것과 같은 고통으로 타들어가는 듯하고, 죽은 여왕들의 속삭임과 웃음소리가 계속해서 내 귀를 때렸다.

이건 나도 상상조차 하기 싫은 상황이지만 정신을 똑바로 차리지 않으면 순식간에 저 원념들의 세계로 빨려 들어가버릴 거다. 내 기억과 마음을 맘대로 조정하고 비집고 들어와 내 마음과 생각들을 왜곡시키고 해체하려고 할 것이다. 자칫하면 탈출을 해도 정신을 못 차릴 수도 있고, 그러면 유나를 못 알아볼 수도…… 있다…….

유나의 모습이 점점 멀어진다.

하지만, 유나……. 너의 얼굴을 떠올리며, 나는 이 순간을 견뎌낼 거다. 이 고통이 너를 지켜줄 수 있다면, 내 마음이 산산조각 나고 내 목숨이 끊어지는 일이 가능하다 해도, 너의 웃는 모습만큼은 지킬 수 있다면……. 나는 어떻게든 견딜 수 있을 것이다. 이대로 저 여왕들의 무덤으로 빨려 들어가지는 않을 거야……!

'여기는 어디지? 오두막인데…….'

아……, 그렇군! 저 여왕들의 무덤에서 살아 돌아오다니……. 환각과 고통, 원망, 분노, 억울함의 늪에서 서성하고 몸부림친들 아무리 나라도 소용없으니 꽤 오랫동안 붙잡혀 있을 줄 알았는데…….

갑자기 여자가 오두막으로 들어왔다. 아……. 이 여자가 날 간호했나?

"어머나, 기사님. 정신이 드셨어요? 세상에, 살아 계신 것도 기적이지만 벌써 일어나시다니!"

"우리 집 양반이 강가로 떠내려온 당신을 보곤 지체 높은 기사분 같아서 사례라도 조금 얻을까 하여 집으로 모셔왔어요……."

여자는 알 수 없는 미소를 지으며 서서히 거리를 좁혀왔다. 응? ……뭐야? 대체 갑자기 이 여자……, 왜 이러는 거지?

모든 사태가 순식간에 일어났다. 멍청한 것들. 지 마누라가 나한테 추파를 던진다고 여자를 죽여? 피 냄새도 싫지만 내 꼴도 말이 아니군…….

또다시 정신이 들자마자 피를 보고 말았다. 여자가 나에게 집적대는 걸 본 남자가 칼을 들고 돌진하니 피할 도리가 없었다.

봄이 되고 인간들이 깨어나니 그 몸뚱아리 속에 깃든 온갖 욕망과 본능들도 함께 깨어나 저리 행동하니, 과연 저들과 어둠족이 무엇이 다르단 말인가?

욕망에 찌든 어리석은 인간들이나 저 어둠의 숲에 떠돌아다니는 비천한 족속들이나 나는 그 차이를 모르겠다.

그런데 인간은 어둠속이나 그 피를 가진 인간들을 경멸하지 않는가?

유나는 '어둠의 숲도 판타스마의 일부라면 피하거나 도망치지 않는다'고 했다. 여기 인간들처럼 어둠의 피를 가진 존재에 대해 혐오감을 드러내지 않았어.

나에게 어둠의 피가 흐르는 것에 대해 아는 인간들은 없지만, 유나는 그 사실을 안다고 해서 새삼 나에 대한 혐오의 감정을 가지지 않을 것 같아.

그녀라면, 끝까지 나를 있는 그대로 바라봐줄 것 같다. 하지만, 그런 그녀에게조차도 보여주고 싶지 않은 내 모습은 있다. 이런 피투성이의 더러운 몸으로 유나를 만나기는 싫다.

물 냄새가 난다. 근처에 강이나 호수가 있는 것 같다.

차가운 호숫물에 몸을 담그니 정신이 맑아지는 것 같았다. 며칠이 지난 걸까? 난 얼마나 오랫동안 어둠의 숲에 갇혀 있었던 걸까? 유나는 무사히 귀환했을까? 우선 파프너를 찾으면 알 수 있겠지…….

유나가 나의 '빛'이었나…….

그녀를 다시 만나야겠다는 생각만으로 그 어둠속에서 돌아올 수 있었던 건가?

유나에 대한 생각이 '빛'이 되어 날 저 어두운 환각의 늪에서 빠져나오도록 이끈 걸까? 그래서 이 정도로 끝난 거겠지……. 안 그랬다면 기가 빨려 육체와 정신 모두 망가졌을 텐데. 아무리 헉서가 만든 불사신의 몸이라 해도 서 여왕들의 무덤은 나도 두렵다고…….

그런 생각들을 하며 몸을 닦고 있는데 환상이 보인다.

'유나————다!'

호수 건너편에 시골 처녀 같은 수수한 복장을 하고 물을 길러 온 소녀는 분명 유나였다.

내가 아직 환각을 보는 걸까? 내가 그 아이만 생각해서 헛것이 보이는 건가? 왜 갑자기 유나가 내 눈 앞에 있는 거지? 그럴 리가? 하지만 아무리 눈을 비비고 다시 봐도 진짜 유나였다!! 환각이 아냐……. 게다가 저 모습은!!!

유나가 또 성장을 했나??

여전히 유나의 모습이지만 그녀의 눈빛이나 분위기가 이전보다 한층 성숙해 보였다. 말라 보이던 체형도 이제는 훨씬 더 균형 잡힌 모습으로, 부드럽고 여성스러운 곡선을 그리며, 입고 있는 옷이 그녀의 매력을 더욱 돋보이게 했다. 특히 미세한 허리 라인이며 바람에 살짝 날리는 치마 끝자락이 그녀를 더욱 신비롭고 황홀하게 보이게 했다.

시간이 멈춘 듯 유나가 바로 앞에 있다. 여기서 너를 만나다니!!

아……. 심장이 터질 것 같다. 왜 그토록 그녀를 그리워했는지, 이제야 깨달았다. 이 모든 벅찬 감정, 이 기가 막히게 뜨거운 심장의 고동은 바로 이 아이에게서 비롯된 것이었어. 그녀가 존재하는 것만으로도 이렇게 가슴이 뛰면서 숨이 차오르는 이 모든 감정의 원인, 그게 바로 저 아이였다니…….

"유나……? 너 어떻게 된 거지? 그 모습은……."

아……. 내가 이 탐스러운 머리카락을 얼마나 만져보고 싶었던가? 다친 곳은 없어 보인다. 그런데 왜 이런 곳에 있는 거지? 엘리샤으로 돌아간 게 아니었나? 묻고 싶은 게 많지만, 하……. 마음이 진정되지 않는다. 유나가 이렇게 내 앞에 있는 것만으로도 공기마저 다르고 세상이 다르게 느껴진다.

"아니야. 아니라고……. 리이노가 아냐!"

갑자기 유나가 울기 시작했다! 고개를 격하게 가로저으며 마치 뭔가를 부정하려는 듯 울부짖고 있다.

'아니라니? 그게 무슨 말이지? 왜 저렇게 필사적으로 괴로운 얼굴을 하고 있는 거지? 내가 그녀를 울렸나? 언제나 강한 척 애써 버티는 모습을 보이던 유나였는데……. 왜?'

애틋한 마음에 손을 뻗어 머리를 쓰다듬으려 하자

"건드리지 마!"

유나가 비명을 지르듯 절규하며 외쳤다. 순간 몸이 굳었다! 그토록 격렬하게, 절규하듯 뿜어져 나온 그녀의 목소리에 가슴이 쿵 하고 내려앉았다. 당황스러웠다. 예상하지 못한 반응이다.

……왜? 그 물음 하나가 가슴에 남아, 조용히 울리는 메아리처럼 나를 짓눌렀다.

"싫어……. 이건 리이노 때문이 아냐……. 리이노 같은 건 질색이야!!"

그렇게 외치고 유나는 또 뒤도 돌아보지 않고 뛰어가버렸다. 따라갈 수가 없었다. 그녀의 뒷모습까지 슬프고 고통스럽게 느껴져 나는 끝내 한 걸음도 따라갈 수 없었다.

나 때문이 아니라니? '성장'을 말하는 건가? 그녀가 지금 성장한 것이 '나' 때문이 아니라고 말하고 싶은 건가? 그것이 저렇게 괴로워하며 울면서 말할 정도로 힘든 일인가? 어째서—?

7장

헉서가 나에게 남겨준 것

- 얼어붙은 심장이 의미하는 것

유나도 에렌도 무사하다는 걸 알았다. 에렌이 무사하다는 건 인간이 아닌 그 누군가의 도움을 받았다는 뜻이겠지. 결국 유나는 너무 늦지 않게 그를 구했고, 아마 히멜이나 빛의 종족이 힘을 빌려줬을 거다.

나는 둥켈 마을로 돌아와 추수 감사절까지 성안의 서고에서 유나에게 도움이 될 만한 정보들을 다시 찾아보기로 했다. 판타스마의 여왕에 대한 것과 봄이 온 판타스마와의 관계에 관한 자료가 필요했다.

이 불안한 기시감은 어째서일까? ……익숙한 듯 낯선 이 느낌은? 잊고 있던 과거 여왕들의 악몽을 다시 생각나게 한다.

유나는 또 성장했고 판타스마는 여전히 봄이다. 그런데 정작 그녀는 울고 있었다. 이렇게 봄은 유지되고 있고 당연히 그녀의 마음은 사랑으로 충만해 있을 텐데, 눈물을 흘리며 괴로워하고 있었다. 그녀의 괴로움이 이전 여왕들처럼 저주와 관계된 것이 아니길 바라는 마음이 간절하다.

유나는 자신의 성장이 나 때문이 아니라고 한다. 그런데 왜 그녀는 괴로운 사랑을 하고 있는 것처럼 보이지? 왜 저 눈물에서 절망과 고독이 느껴졌던 거지? 왜 가슴이 미어지는 듯한 고통이 전해지지?

다가가 위로를 해주고 싶지만 내 손길이 닿으면 더 큰 상처를 줄까 두렵다.

유나, 너 혼자 싸우고 있고, 만일 지금 너를 힘들게 하는 것이 **판타스마의 저주**라면 너는 그 대상이 '내'가 아니라고 말하고 있는 거야?

유나가 전에 서고를 불태운 적이 있는데……, 하필 빛의 요정들의 고서가 있는 곳이었다. 그래도 남아 있는 것들 중에 도움이 되는 것들을 찾다가 예전에 유나가 가지고 있던 물건들을 발견했다. 본 적이 없는 재료로 만든 이상한 팔찌와 작은 책자들, 그리고 안에는 유나랑 똑같이 생긴 작은 그림이 붙어 있는 책자이다. 유나가 사는 세상의 문자가 적혀 있다.

성안을 돌아다니던 유나의 웃음소리, 장난스런 눈빛, 그리고 티격태격하며 함께 나누었던 이야기들이 떠오르지만, 이제 그녀는 이곳에 없다. 그녀의 흔적과 물건들은 여전히 이곳에 남아 있지만, 그 어떤 것들도 그녀를 대신할 수는 없다.

헉서가 사용하던 방에서도 판타스마의 저주나 유나에게 도움이 될 만한 것들이 있는지 찾아보기로 했다. 나는 헉서가 사라진 이후, 한 번도 그 방에 발을 들인 적이 없었다. 사라진 헉서에 대한 상실감 때문이었는지 헉서와의 추억을 상기하고 싶지 않아서인지는 모르겠지만, 지난 몇백 년간 그 방은 그렇게 봉인되어 있었다. 그런데, 그 방에서 나는 아주 뜻밖의 것을 발견했다. 헉서가 나에게 남긴 유서였다.

나의 사랑하는 아들 리이노에게

이 편지를 읽는 너는 지금 혼돈의 소용돌이와
마음의 통증과 한참 싸우고 있겠지…….
나는 라인하르트, 너의 아버지를 만났을 때
이미 돌이킬 수 없는 내 운명을 받아들여야만 했고
그를 떠나보내고 너를 선택했을 때에도
자신의 운명을 돌이키기에는 이미 늦었다는 걸 절감했단다.
너의 존재와 너를 지키는 것만이 내 인생의 목표였고 의미였기에……

그런데도 불구하고 나는 네가 온전한 괴물이 되길 원치 않았단다.
설혹 네 목숨이 끝나는 한이 있어도
나는 라인하르트에게 받은 그 소중한 감정들을
내 아들에게도 전할 수 있길 원했어.
네가 그런 강렬한 사랑을 품을 수 있을 정도의 사람을 만나고,
그것이 네 목숨과도 바꿀 정도로 따뜻하다면 얼어 있던 네 심장도
봄의 판타스마처럼 따뜻하게 펌프질을 시작할 거야.
그것이 내가 네 심장을 보존해온 이유란다.
또, 내가 아들에게 해줄 수 있는 최고의 선물이라고 생각했단다.

그런 행운이 열아홉이 되기 전에⋯⋯ 찾아오길 빌어본다.

헉서가 나를 왜 불사신으로 만들려고 했는지 항상 의문이었다. 난 단지 그녀가 어둠의 피를 가진 아들을 사랑하는 방법이라고만 생각했다. 정치적으로 고립되고 척박한 이 둥켈 마을에서, 생존하거나 어둠의 숲으로부터의 안전이 염려되어, 그런 것들에 대한 불안 때문에 나를 불사신으로 만들려고 필사의 노력을 했을 거라고 생각했다. 하지만 저 편지는 많은 의문을 남긴다.

왜? 열아홉 살이 되기 전에 내가 누군가와 사랑을 하고 인간적인 따뜻한 심장을 가지길 원했는지⋯⋯. 헉서는 그 의문에 대한 해답은 적어놓지 않았다.

두 번째 추수 감사절이 다가오고 있다. 유나는 여전히 잘 버티고 있

다. 판타스마는 더할 나위 없이 좋은 계절이 계속되고 있다.

엘리샨에서 열리는 사냥 대회를 끝으로 리베라 공주에게시도 해방이다. 두 번째 추수 감사절 전날 늦게 엘리샨에 도착하자, 유나가 궁전에서 또 무언가 이상한 것을 꾸몄는지, 모두들 얼굴을 가린 채 한창 파티 중이다. 대체 다들 뭐 하는 짓들이람……. 파프너만큼은 아니지만 나도 유나가 어떤 모습이든, 또 어떤 모습으로 변장을 하든 바로 찾을 수 있다.

유나를 발견하자마자, 나는 망설임 없이 그녀를 덥석 안아 어깨에 올렸다. 유나가 아무리 발버둥을 쳐도 이젠 소용없다. 가면을 쓰고 있는 그녀를 안고 연회장의 틈새로 사라져버린 순간, 세상의 모든 시선은 우릴 놓쳐버렸다. 아무도 그녀를 알아보지 못했다. 이 얼마나 완벽한 은밀함인가! 내가 여왕을 데려가고 있다는 사실조차 그 누구도 눈치챌 수 없으니, 이 순간만큼은 오롯이 나와 그녀의 것이다.

전에 만났을 때 그녀가 했던 이야기와 함께 확인을 해보고 싶은 것이 있어서 일단 유나를 만나 물어보고 싶었다.

유나가 사랑 때문에 눈물 어린 고통 속에 있다면?

혹시 대상이 '나'라면?

저 눈물의 의미가 그런 것이라면?

확인이 필요했다

고요하고 은은한 달빛을 품은 궁전의 정원은 선선한 바람과 함께 마치 꿈처럼 펼쳐져 있었다. 그녀의 머리카락에서 풍기는 은은한 꽃향기가 밤공기를 타고 스며들었다. 그 향기는 너무도 부드럽고 달콤해서, 숨을 쉴 때마다 가슴 깊은 곳에서 아련한 떨림이 일었다. 그녀의 체온은 마치 따스한 불꽃처럼 나의 어깨를 타고 퍼져 내려왔다. 온몸이 녹아드는 듯한 그 따스함을 나는 온전히 느끼고 싶었다.

지금 이 순간 모든 것이 그녀의 존재로 가득 찬 것 같았다. 그녀의 머리카락이 내 볼을 스칠 때마다, 가벼운 전율이 내 피부를 타고 흘러들었다. 내 모든 감각이 그녀에게 집중되는 것만 같았다. 나도 모르게 그녀의 허리를 감싸고 있는 손에 힘이 들어갔다. 나는 내 안의 깊은 곳에서 피어나는 열기를 애써 차분히 눌러 담았다.

"그때는 왜 그렇게 도망가버렸지?"

나도 모르게 계속 유나에게 빠져드는 걸 유나에게 들키고 싶지 않아 질문을 던졌다.

"지금까지 여왕들과 난 다르잖아……? 리이노의 상대가 아니라고. 예쁘지도 않고 나이도 어리고……. 매력도 없다고……."

내가 묻는 말에 대답하지 않고, 유나는 자기가 얼마나 매력이 없고 어리고 예쁘지 않은지에 대해 이야기하며, 그러니 자기에게 관심을 갖지 말라고 전한다. 그래야만 판타스마의 봄이 계속될 수 있다고 한다. 그런 말을 계속한다는 건 내가 유나에게 마음이 끌린다는 것을 유나도 느끼고 있다는 말인가? 아니면, 나만 유나에게 무관심하면, 사랑하지 않는다면, 자신은 나에게 어떠한 이끌림도 사랑도 느끼지 않을 수 있다고 자신하는 건가?

그녀가 나를 흠모하거나 사랑하게 된다면 그건 나 때문이라는 건가? 내가 그녀에게 관심을 가지기 때문에 그녀도 날 사랑할 수밖에 없다는 말인가? 이 얼마나 모순되고 보잘것없는 설득력인가……? 차라리, 내가 짝사랑해서 자기가 성장했다고 말하는 쪽이 더 설득력 있게 들리겠다.

"판타스마 사람들이 행복해지는 걸 왜 바라지 않는 거야? 리이노만 가만히 있으면 되잖아……."

이 이끌림은 나만의 것이 아닌 것 같다. 유나도 역시 힘들어 하고 있었다. 그녀가 나를 바라보거나, 나와 함께 있을 때, 나와 같은 이끌림에 남몰래 저항하고 두려워하고 있었던 것이 분명하다.

"**그래야 이대로 계속……. 이대로 계속…… 봄이 될 테니까…….** 내 성장의 대상은 리이노가 아냐……. 그러니까……."

그러니 자기를 더 이상 유혹하지 말아 달라는 말인가?

유나는 나에 대한 이끌림이 내가 자기를 유혹해서라고, 그렇게 생각하고 싶어하는 것 같았다. 그러면서 자기는 정작 에렌을 더 좋아하고 그를 사랑하고 있다면서 에렌에게 필사적으로 매달리고 있었다.

이제야 알겠다!! 왜 그녀의 사랑이 이전 다른 여왕들과 다른지…….

그녀는 판타스마를, 판타스마의 사람들을, 필사적으로 지키고 싶은 거다. 이 봄을 지켜내고 싶은 거다. 자기 자신을 희생하고 속여서라도…….

"판타스마에 여왕을 데려온 이래……, 네가 처음이다……. 네가 아닌 다른 남자 때문에 성장한 여왕도, 다른 남자 때문에 우는 여왕도……. 그 녀석의 눈치를 볼 만큼 에렌 휘르스트를 좋아해?"

"응……."

그녀가 눈물을 머금은 목소리를 삼키면서 대답했다.

"난 귀찮은 존재란 말이지? 당연히 미워할 수밖에 없겠군……. 그 불평을 하도 들어서 이골이 났지만 말이야. 네 가족과 네가 사는 세상에서 강제로 널 이곳으로 데려왔으니……."

그녀가 흘린 눈물에 한쪽 어깨가 푹 젖어 그 눈물이 내 안의 찢어진 상처로 흘러드는 것만 같았다.

"나랑 있으면서 단 한 번도 즐거웠던 적은 없었어?"

"응."

"단 한 번도――?"

"응――."

그 대답이 지금 너의 '대답'이라면, 동시에 그 어떤 말로도 지금 현재 너의 아픔을 어루만질 수 없다면, 유나―!!!

네가 그런 마음이라면…… 난 너의 기사이니…… 네가 지키고 싶은 걸 함께 지켜줄게! 그것이 봄의 판타스마라면…. '너의 판타스마'라면 함께 지켜주지.

"그럼― 이번엔 내가 제대로 된 여왕을 선택을 한 건가?"

유나의 온기와 떨어지는 건 아쉬웠지만, 조심스럽게 그녀를 난간에 올려놓고 얼굴을 마주보고 그녀의 눈을 바라보며 나의 결심을 전하고 싶었다.

"처음엔 울보에 못 말리는 어린애인 줄 알았는데……. 여왕이 되어 어느새 자신을 성장시킬 만큼 사랑하는 상대까지 만들고, 게다가 금상첨화로 난 더 이상 여왕과 애정 문제에 휘말리거나 궁정이나 귀족들과 얽히지 않고 조용히 살 수 있는 기회까지 얻게 되었으니……. 이제 네가 원하는 대로 해."

묵묵히 듣고 있던 유나의 얼굴은 마치 버려지는 어린아이처럼 점점 더 서러운 표정을 담고 있었다.

"그런데 넌 왜 울고 있는 거야?"

처음에는 고요히 떨리고 있던 그녀의 눈빛이 이내 무너져 내리기 시작했다. 그 눈속에 담긴 것은 나를 향한 깊은 원망과, 내게 전하지 못한 말들로 가득 차 있는 듯 보였다. 눈물이 그녀의 뺨을 타고 끊임없이 흘러내렸다. 나는 그녀의 고통을 뚜렷하게 느낄 수 있었다.

"자— .이런 거 이제 무의미할지 모르지만 돌려줄게……."

서고에서 찾은 유나의 옛날 물건들을 돌려주었다. 그녀에게 조금이라도 위안이 될까?

"리이노—."

그녀의 얼굴이 순식간에 변했다. 울먹이는 표정 속에 놀라움과 믿기지 않는 듯한 표정이 스쳐갔다. 그녀는 나를 보고 잠시 말을 잇지 못한 채, 감사와 감동이 섞인 눈빛을 보내며 조용히 말했다.

"이건…… 정말 잃어버린 줄 알았는데……. 고마워."

순간 그녀의 말에 슬픔과 기쁨이 엇갈리는, 뭐라고 표현할 수 없는 복잡한 감정이 담겼다. 그 물건들은 단순한 물건들이 아니라 그녀의 삶의 중요한 조각들이었고, 그 조각들이 그녀의 마음속에서 아직도 살아 있다는 것을 느꼈다.

"난, 이번 사냥을 끝으로 엘리샨엔 오지 않을 생각이야."

"……."

이제, 나와 그녀는 다른 방향으로 갈 수밖에 없다. 이 순간만큼은, 그녀를 내 마음대로 붙잡고 싶었다. 마지막으로……. 눈앞에 있는 이 보드라운 입술을 맘껏 탐하고 내 것으로 만들어 이별의 아쉬움을 쏟아내고 싶은 유혹이 폭풍처럼 나를 흔들었다. 하지만, 그녀의 탐스런 머리카락을 만져보고 거기에 입을 맞추는 것을 대신하며 뜨거운 마음을 가슴속에 묻었다.

"영원한 봄과 더불어…… 지겹게도 평온하게 살겠군……. 지금까지는 어떤 여왕도 세 번의 추수 감사절을 넘기진 못했다. 보통 두 번의 추수 감사절 후엔 겨울이 오곤 했으니까……. 이젠 네가 바라는 대로 될 거야. 내가 원하는 대로 해줄 테니……."

"간다—."

나도 이제 조금씩 유나로부터 벗어나 나만의 길을 걸어가야 할 때가 온 것 같다. 내 마음 깊숙한 곳에서 조용히 타오르는 불씨를 품고서, 비록 그 불꽃이 그녀에게 닿을 기회가 없을지라도……. 나는 그것을 끌어안고 나아갈 것이다. 나의 삶 속에서 그 빛을 따라가는 것만으로도 충분하다. 그 빛은 결국 나를 이끌고, 그녀와의 인연을 넘어서 나만의 길을 찾게 해주겠지.

유나는 단순히 보통의 여왕이 아니다. 나의 모든 것이자, 내가 지켜야 할 단 하나의 '빛'이니까…….

◇◇◇◇

왕궁의 사냥터에서 추수 감사절 사냥 대회가 시작되었다. 사냥 전에 여왕을 주축으로 하는 작위 수여 예식이 거행된다. 영주와 귀족, 기사들이 아침 일찍부터 여왕을 기다리고 있지만. 예상보다 여왕의 도착이 많이 늦어지고 있었다. 그런 어수선한 분위기 속에서 주변의 공기가 별로 호의적이지 않는다는 걸 느꼈다.

"리이노, 정말 이번 사냥을 끝으로 두 번 다시 궁정엔 안 올 거예요? 당신이 떠나면 수단 방법 가리지 않고 여왕을 괴롭힐 거야."

"맘대로—. 수호기사가 세 명이나 붙어 있으니, 쉽진 않을 것 같은데?"

리베라 공주와 켄트 재상의 음모나 괴롭힘이 여전히 신경 쓰이긴 하지만, 내가 엘리샨에 계속 머물고 있으면 유나가 힘들어 한다. 그녀를 위해서라면 내가 여길 떠나는 게 옳다.

"그건 그렇고 난, 아무래도 환영받고 있는 분위기가 아니군."

"왜 그런지 알아요? 여왕이 성장한 이유의 대상이 당신이라는 소문이 났거든. 그래서 백성들이고 귀족들이고 여왕에게 적의를 가진 자가 많아. 어쩌면 이곳으로 오는 동안 곤욕을 치르고 있을지도 모르지. 저번처럼 말을 타고 얼굴을 내밀고 버젓이 다니긴 힘들걸? 호호호."

"난 거정을 하고 있을 때가 아닌 것 같은데……. 모두들 성장하고 있는데 공주님만 여전히 그대로인 것 같으니 말이야."

역시 그런 이유 때문이었나? 여왕이 성장하면 민심도 불안해지고 영주나 귀족들도 냉담하고 거칠어진다. 나를 향한 시선이나 주목은 내가 별로 신경 쓰지 않으니 상관없지만, 유나는 그런 걸 잘 견뎌낼 수 있을까?

그나저나 켄트 재상과 수호기사들까지 모두 참석했는데 유나가 아직 오지 않고 있다. 정말 소문 때문에 여왕의 행차 중, 불미스러운 사건이 발생한 것은 아니겠지? 수호기사란 놈들이 평소에는 맨날 붙어 다니더니, 이런 때는 왜 유나랑 함께 행동하지 않는 거야?

그때, 갑자기 웅성거리는 사람들의 소리와 함께 울려 퍼진 뿔피리 소리가 들판을 가르며 여왕의 도착을 알렸다.

마차의 문이 열리면서 바람에 나부끼는 긴 머리카락이 먼저 모습을 드러냈다. 그리고 그 순간 나는 내 눈을 의심했다. 마차에서 내린 유나는 내가 알고 있던 평소의 그녀의 모습과 사뭇 분위기가 달랐다. 예전의 그녀가 아니었다.

그녀의 등장과 함께 주변의 모든 분위기도 한순간에 얼어붙은 듯했다. 그리고 이내 터져 나오는 웅성거림으로 침묵이 깨지며 사람들의 시선이, 감탄이, 의심이, 모두 그녀에게 쏟아졌다.

"여왕이 또 성장을 했다——!!"

'유나가 또 성장을 했다!!'

그녀의 변화는 너무도 신비롭게 다가왔다. 이전에 모두가 알고 있던 소녀의 모습과는 너무나 달라, 눈앞에서 그 변화를 확인하고도 이 현실을 믿을 수 없었다. 그녀는 여느 때와는 다른 존재처럼 보였다. 그녀의 우아함을 돋보이게 하는 길고 윤기 있는 머리와 드레스는 여왕으로서의 압도적인 위엄을 보여주고 있었고, 한층 더 아름답고 성숙해진 모습에 모두가 동요하고 있었다.

내 가슴속 깊은 곳에서 내 의지와 상관없이 떨림이 일기 시작했고, 숨이 턱 막혔다. 어젯밤에도 만난 내가 아는 유나가 이제 더 이상 소녀가 아닌, 강하고 매혹적인 성숙한 숙녀가 되어 나타났다. 이런 게 하룻밤 사이에 가능하다니!!

심지어 지난밤 유나에겐 그녀를 성장시킬 만한 사건이 없었다. 나와의 만남 외에는…….

마치 꿈속에서 그녀를 다시 만난 것처럼, 믿을 수가 없었다. 이런 그녀의 모든 변화가 내 마음속의 결심을 크게 흔들었고, 나는 두렵기조차 했다. 겨우 힘겹게 잠재운 떨림이 되살아남과 동시에, 이런 그녀로부터 거리를 둬야 한다는 안타까운 마음이 심장을 짓누르고 아프게 조여왔다.

보통 사냥 대회는 여왕과 리베라 공주 팀으로 나누는데, 올해는 켄트 재상까지 합세해 세 팀으로 나눠 경쟁을 한다고 한다. 유나가 성장한 영향으로 여왕 팀의 사기는 사냥 시작 전부터 하늘을 찌를 듯 높아져 있었고, 리베라 공주는 애써 내색을 안 하려고 노력하고 있었지만 라이벌인 여왕의 연이은 성장은 그녀에게도 큰 충격인 듯 상당히 힘들어 보였다.

나도 유나의 성장한 모습이 계속 머릿속에서 떠나지 않았다. 그녀의 변한 모습이 자꾸만 아른거려, 사냥에 집중할 수가 없었다. 그때 갑자기 눈앞에 에렌이 나타나 앞을 막아섰다.

"왜 막아서지? 나랑 대결이라도 하겠다는 거냐?"

"리이노, 물어보고 싶은 게 있다."

에렌은 차가운 눈빛으로 지그시 쳐다보며 녀석답지 않게 뭔가 불편한 감정을 억누르는 듯한 상기된 목소리로 물었다.

"유나는 당신 타입이 아닌가?"

뭐냐? 불쑥 단도직입적으로 던지는 이 물음은? 어떤 의도나 감정을 품고 있는 것이 분명한데, 단순한 정보나 호기심에서 묻는 게 아니다. 평소의 여유로운 에렌 휘르스트다운 모습은 온데간데없고, 왠지 칼날이나 얼음 같은 긴장감이 흐른다. 지금 이놈에게서…….

"봄이 왔다는 것은 어쨌든 여왕이 당신을 사랑했다는 얘긴데……. 현재는 아닐지라도 과거엔 분명히 그랬단 얘긴데!"

이놈이 유나를 사랑한다면서 지금 와서 연인의 과거가 궁금해서 뒤를 캐고 다니는 건 아닐 테고…….

"리이노, 당신은 분명히 여왕에게 아니, 유나에게 '과거의 남자'로 만족하고 있을 사람이 아냐. 그런데 지금 당신은 왠지 그녀를 피하는 것처럼 보여. 왜지? 다른 여왕들 때엔 판타스마가 어떻게 되든 상관 않고 받아들이고 연애도 했다고 들었는데."

에렌은 유나의 성장에 대해 의심을 하고 있다! 당연하겠지. 지금 유나가 성장하는 원인의 대상은 공식적으로 에렌이라고 알려져 있고, 무엇보다 그 당사자가 제일 잘 알고 있을 것이다. 그렇다면, 이 녀석은 유나를 보호하고 싶은 건가? 아니면 판타스마를 위해 여왕의 마음이 어디를 향하는지에 대한 진실을 확인하고 싶은 건가?

이 애송이가 유나에게 사적 관심이 있고, 유나를 자신의 손에 넣으려 하는 것도 알고 있다……. 그게 과연 사랑인지, 정치적 야망인지 아직 확인할 수는 없지만…….

"유나가 다른 여왕들과 다른 점이 뭔지 알고 있나? 너희가 그걸 모르면 결코 그녀를 나로부터 지킬 수 없을걸……. 내가 장담하지. 이번 '봄'은 판타스마가 저주받은 이래 가장 긴 봄이 될 거다."

"가장 긴 봄? '영원한 봄'이 아니라?"

"흥. 영원한 봄이라고? 재상 후보자란 녀석이 아직도 그런 헛소릴 하나? ……그럼 너희가 나로부터 유나를 빼앗아보든가?"

"뭐야? 결국…… 유나로도 영원한 봄은 불가능하단 얘긴가?"

"묻고 싶은 게 뭐야?"

이제 이놈과 이야기를 나누는 것도 슬슬 짜증이 났다. 내가 왜 이놈의 질문에 일일이 대답을 하고 있어야 하나? 소나기가 오려는지 갑옷 사이로 부는 바람이 무겁고 후끈하다.

"왜 유나가 영원한 봄을 불러올 수 없다고 생각하는 거지?"

"판타스마의 저주는……, 프래이야의 저주는 말이야, 여왕에게 내린 저주야!! 대상은 내가 아니라고. 그러니 자신 있으면 여왕을 잘 꼬셔보든지. 흥, 그런데 이번 여왕은 워낙에 둔하니까 스스로 자각하는 데 시간이 좀 걸릴지도 모르지. 자신이 누굴 사랑하는지……."

내 인내는 여기까지다! 이놈과 이야기하는 시간에 여우라도 쫓아다니는 게 더 기분이 나아질 것 같다.

"그리고 리베라 공주님—. 여긴 혼자 산책하기에는 위험한 사냥터입니다. 에렌이 옛정을 생각해서 막사까지 모셔다드릴 테니, 전 이만……. 공주님을 위해 사냥을 해야 하거든요."

때마침, 리베라 공주가 나다나는 바람에 에렌과 이야기가 끊이져서 디행이었다. 사실, 난 에렌 저놈과 유나에 대해 별로 이야기하고 싶지 않다. 오늘 유나의 성장에 대해 그 이유를 나에게서 캐내고 싶어 하는 것 같은데……. 유나는 왜 하필 에렌 같은 놈에게 의지하는 거야? 저놈만큼은 절대로 유나의 상대가 아니었으면 좋겠다. 에렌은 유나를 행복하게 할 수 있는 놈이 아니다!

유나의 성장은 에렌이나 리베라 공주뿐 아니라 많은 사람들에게 충격과 영향력을 끼친 듯하다. 이전의 모습과 달리 상당히 성숙한 유나의 모습에 나도 당혹감을 감출 수 없었으니까……. 어젯밤의 나와 유나 사이의 어떤 일들이 유나를 성장시킬 수 있는 계기였을까? 아무리 생각해도 그 실마리를 찾을 수 없는 것이 무엇보다도 나에게는 충격이었다. 나는 그녀에게 키스조차 하지도 않았고, 유나는 날 사랑한다고 하지도 않았다.

유나는 알고 있을까? 자신이 성장한 원인을? 그녀도 많이 놀라고 당황했을 것 같다.

여왕의 저주는 여왕이 나를 사랑하는 것이지만, 나에게 걸려 있는 '여왕의 기사'라는 저주는 내가 외부로부터 판타스마를 위한 여왕을 데려온 후 그녀가 판타스마의 여왕이 될 수 있도록 돕는 것……. 내가 여왕을 사랑하든 말든 상관이 없다.

유나는 판타스마를 위해 내가 아닌 다른 남자를 사랑할 수도 있다. 자신을 속여서라도……. 그 대상이 에렌일 수도 있고 아니면 다른 남자일 수도 있다.

유나가 선택한 길이 얼마나 힘들고 고통스러울지 지금까지 여왕들의 말로를 알기에 난 차마 그녀의 결심에 왈가왈부할 수가 없었다. 그녀가 보기보다 강하다는 것도 안다. 그녀에게는 나와의 사랑만이 전부가 아니고, 또 여린 마음을 숨기고 버틸 수 있을 만큼의 힘도 있다.

새롭게 성장한 유나의 모습을 보고 난 후, 내 마음속은 하루 종일 끊임없이 미련이 끓어올랐다. 그녀의 마음속 깊은 곳에 있는 진심을 한 번이라도 확인해보고 싶다는……. 만약, 그녀가 내게 한 번이라도 진심을 내비친다면, 나는 그 순간을 버텨낼 수 있을까? 그때에도 나는 그녀를 놓아줄 수 있을까?

마음속에서 끊임없이 의문이 떠오른다. 그녀의 선택을 존중해야 한다는 건 알지만, 내 마음이 이리도 불편하고 아픈 이유는 무엇일까? 유나를 생각하는 것만으로도 왜 이토록 아픈 것일까? 그럼에도 불구하고 그녀가 행복해진다면 나는 모든 것을 내어주고 포기할 수 있다고 생각했다. 그녀를 위해 내가 할 수 있는 일은, **그녀의 선택을 존중하는 것**이기 때문이다.

사냥을 할 기분은 전혀 아니어서 생각에 잠겨 숲을 헤매는 동안 벌써 주변이 어두워졌고 비가 쏟아지기 시작했다.

'……헉……. 유나다!!'

눈앞에 유나가 비를 맞으며 혼자 있다. 수호기사도 없이 혼자였다.

아! 내가 상념에 빠져 숲을 헤매는 사이 파프너가 유나를 찾아왔나 보다. 유나는 조금 전까지 분명, 울고 있었던 것처럼 보였다. 나와 파프너를 발견하고 그녀도 상당히 당황하는 기색이다.

유나는 이렇게 아무도 없는 외진 곳을 찾아 지금까지 저렇게 혼자 눈물을 흘리고 있었던 건가.

그녀와 단둘, 이렇게 만나는 건 지금의 나에게는 상당히 부담스럽다. 아무도 없는 외진 곳에서 그녀와 단둘이 이렇게 마주하는 것이, 나에게는 그 어떤 전투보다도 더 무섭고, 고통스럽게 다가왔다.

그녀와 단둘이라는 것만으로도 이 숲의 모든 공기가 달콤한 떨림과 흥분으로 가득 차, 이성을 잃은 채 모든 것을 던져버리고 그녀를 거칠게 끌어안고 싶은 욕망이 솟구쳤다. 어떤 미약에도 취하지 않던 내가 유나와 함께 있으면 더 이상 자신을 제어하기 어려운 상황이 되어버린다. 내 가슴은, 내 영혼은, 그녀를 붙잡고 싶어 미쳐가는데, 나는 그 모든 걸 억누르며, 그녀의 고통을 덜어주고, 그녀가 해야 할 일을 하도록 도와야만 한다는 것에 의지해, 기사의 역할을 충실히 해내야만 한다는 의무감만이 겨우 내 이성을 붙잡고 있었다.

내 마음은 속절없이 그녀에게 끌려가고 욕망에 불타오르지만, 그럴수록 나는 자신을 억누르며, 더욱 냉정하게 거리를 두고 그 어떤 감정도 드러내지 않아야 한다.

"리베라 찾으러 안 가? ……넌…… 지금 개 기사잖아?"

유나는 어젯밤의 일이 무색할 만큼 아무렇지 않은 평소의 말투로 먼저 말을 건넸다.

"리베라 공주가 왜?"

덕분에 나도 차분히 대답할 수 있었다.

"리베라가 아까 오후부터 행방불명이라 모두들 찾느라 난리가 아니라서……. 리베라는 사냥터에도 익숙하지 않고 이런 곳은 처음이니까……."

'훙……. 지금 네가 리베라 걱정할 때냐고 말하고 싶지만…….'

"다들 찾고 있으니까 조만간 소식이 있겠지. 까마귀도 독수리도 떠다니지 않으니 죽거나 하지도 않았을 거고……."

"말을 어떻게 그렇게 해? 인정머리 없게……."

새삼 이렇게 가까이서 유나를 다시 보니, 그녀가 내 곁에 있다는 것만으로도 내 마음은 아무것도 필요하지 않았다. 오직 그녀와 함께 있다는 그 단순한 현실만으로 충분했다. 같은 공간에서 함께 서로를 바라보는 것만으로도 내 안의 모든 감각은 폭풍처럼 흔들리고 미쳐 날뛰며 더 이상 숨기기 힘든 감정이 내 자신을 휘몰아가고 있다.

내가 느끼는 이 고요한 폭풍은 너무도 강렬해서, 차라리 아예 아무것도 느끼지 않았으면 좋겠다고 생각했다.

"내가 전에 어둠의 숲에서 던져준 짧은 목검, 가지고 있지?"

"아……."

"다음번에 날 만나게 되면 그 검으로 날 찔러. 정확히 여기를."

심장을 가리키며 말했다.

"무…… 무슨……?"

유나의 얼굴이 순식간에 창백해졌고, 깜짝 놀란 눈빛으로 무슨 뜻인지 이해하려는 표정을 지었다.

"그렇지 않으면 널 안아버릴지도 몰라……."

진심이었다.

나는 자신을 놓아버리고 싶은 욕망과 동시에 그녀를 지켜야만 한다는 두려움을 함께 느끼며 두 감정 속에서 죽을 만큼 괴로웠다.

그 순간, 시간도 공기도 무겁게 정지한 듯했다. 들리는 것은 유나의 심장소리뿐이었다.

그때 멀리서 여왕을 찾는 목소리가 들렸다.

"쉬……, 쉴러가 찾고 있어……. 걱정할 테니 가볼게……."

유나는 목소리가 들린 곳을 향해 허겁지겁 발길을 돌렸다.

유나를 마중 온 수호기사는 가져온 망토를 유나에게 둘러주고 머리를 쓰다듬어 주었다. 저 두 사람 사이에 흐르는 다정함과 거침없는 친밀감, 그리고 그들이 나누는 부드러운 대화와 웃음소리는 나를 점점 미치게 만들었다. 아무렇지 않게 유나의 머리카락을 만지고 이마에 입맞춤을 하고 어깨에 손을 두르는 모습을 보고 있자니……, **내 안에서 미칠 듯한 질투가 일어나 내 이성을 삼키려 들었다.**

내가 그녀에게 다가갈 수 없다면, 그 누구도 그녀에게 다가서는 것을 용납할 수 없다는 생각이 내 머릿속을 지배했다.

"수호기사 같은 것들은 몽땅 쓸어버리고 싶어……!!"

◇◇◇◇

리베라 공주가 행방불명되었다고 한다. 그 바람에 모든 병력이 리베라 공주를 찾는 데 총동원되었다. 켄트 재상은 궁으로 돌아갔고 유나는 환궁하지 않은 채 사냥터의 막사에서 리베라의 소식을 기다리기로 한 모양이다. 유나의 수호기사들마저 한 명을 제외한 모두가 리베라 공주의 수색에 동원된 듯하다. 가장 도움이 안 되는 빛의 종족의 피가 섞인 수호기사 한 놈만이 유나와 함께하고 있다.

지금이 기회라고 생각했다. 수호기사들의 동태를 살피며 정말 그들을 모두 없앤다면 유나가 온전히 나만 의지하게 될지도 모른다는 상상까지 하게 되었다. 그러면? 그 뒤는……?

어느 놈이든 나에게서 유나를 빼앗을 수 없다는 위험한 생각이 내 속에 계속 자라나려 하고 있었다. 심지어 수호기사들을 해하고 싶다는 생각까지 뻗쳐 실제로 행동에 옮길 뻔했다.

이것은 너무나 위험하다.

불과 어제 유나에게 약속하지 않았는가? 그녀가 바라는 대로, 원하는 대로 해주겠다고.

유나가 에렌을 사랑한다고 해도 그것이 그녀의 뜻이라면……. 그렇게 해서 판타스마의 봄이 계속되고, 유나가 그것을 원한다면 원하는 대로 해주겠다고……, 그것이 여왕의 기사로서 유나와 한 약속이었는데. 불과 하루도 지나기 전에 스스로 이렇게 격정에 휘말려 약속을 어기고 수호기사를 죽이려고까지 했다.

이렇게 질투에 눈이 뒤집혀 있고, 그런 감정을 제어하지 못하는 자신을 처음으로 경험했다. 이런 수치스러운 감정은 처음이었다.

불쾌한 초조함과 조바심……. 인내심의 바닥을 긁고 있는 것 같은 이 감정들은 난생 처음 느꼈다.

이대로 계속 유나 곁에서 얼쩡거리다간 유나를 망가뜨리고 부숴버려 엉망이 될 것만 같다.

허서—.

난 완벽하게 강한 게 아니야.

난 너무나도……!!

가는 어깨와 여린 팔을 가진 저 아이를

으스러지게 껴안고 싶어 견딜 수가 없어 도망치는 거야.

눈곱만큼의 자제심이 있는 동안…….

왜냐하면—,

내가 하찮은 어린아이라고만 생각했던

저 여왕이 절망하는 것을

보고 싶지 않기 때문이야.

허서—.

넌 나에게 세상의 온갖 강한 것으로부터

나를 보호할 방패를 만들어 주었지만

정작 너 자신마저도

그렇게 나약하게 만들어버린

하찮은 정에 대한 보호막은 만들 수 없었단 말인가?

리이노—.

내가 원하는 것은 네가 온전한 괴물이 되는 것이 아니었단다.
설령 그것이 네 목숨을 앗아가는 한이 있더라도,
나는 절대로 너에게 그렇게 살기를 바란 적이 없었어.
라인하르트가 나에게 준 그 소중한 사랑을 너도 꼭 느끼길 바랐다.
너의 마음 속에 그런 강렬한 사랑이 움트고
그것이 너를 살아가게 하는 힘이 된다면,
차가운 네 심장도 결국 따뜻한 봄처럼
펌프질을 시작할 거라고 믿었단다.
그것이 내가 네 심장을 지켜온 이유야.
내가 네게 해줄 수 있는 최고의 선물이 바로 그 사랑이라 생각했어.
네가 사랑할 수 있는 사람을 만나고, 그 사람과 함께 나누는
따뜻한 감정을 네가 느낄 수 있다면,
그 어떤 고통도 이겨낼 수 있을 거야.
그렇게 네가 열아홉 살이 되기 전에, 그 사랑이 찾아오길
나는 매일 기도하고 있어.

이 마법의 세상에서, 마음이 따뜻한 사람을 만나,
그 사랑으로 살아갈 수 있기를…….

—언제나 너를 사랑하는 엄마가—

8장

내 마음의 봄

추수 감사절 사냥 대회가 끝난 후에도 왕명에 의해 귀족과 영주 모두 엘리샨에 남아야 했다.

여왕이 백성들을 위해 엘리샨에 시범적으로 세운 놀이공원과 병원, 학교 시설 등의 개장 전날에 궁정에서 대만찬회가 개최될 예정이고, 중대한 발표가 있으니 모든 귀족과 영주는 빠짐없이 참석해야 한다는 명이 있었기 때문이었다.

그동안 여왕이 성장한 이유가 에렌이란 소문과 함께 에렌의 정치적 입지는 놀랄 만큼 급성장했고, 이제는 켄트 재상의 자리까지 위협할 정도가 되었다. 최근 에렌의 정치적 행보는 그야말로 무서울 정도로 대담하고 냉철했으며, 그 어떤 방해도 용납하지 않는 강력한 추진력을 보여주고 있다. 또한, 여왕의 명령으로 하는 사업과 행정은 대부분 에렌이 진두지휘하고 있다.

대만찬회 따윈 신경 쓸 바가 아니지만, 유나를 저런 녀석 옆에 두어도 될지 걱정도 되고 어쩌면 마지막이 될지도 모르는 만남이라 참석하기로 결정했다.

며칠 못 본 사이 유나는 좀 수척해 보였다. 에스코트하고 있는 에렌과는 묘한 긴장감이 돌고 있는 듯 보인다.

만찬 석상에서 내 좌석은 여왕의 맞은편 유나뿐 아니라 에렌과도 마주볼 수 있는 거리였다. 뭔가 의도가 있을 것 같은 예감이 들었지만 기분은 나쁘지 않았다. 조용히 앉아서 유나를 바라볼 수 있으니까. 유나는 나의 시선을 느끼는 것 같았지만 태연하고도 침착한 모습이었고 나에게 한 번도 시선을 돌리지 않았다.

유나와 에렌은 서로 시선을 교차할 뿐 어떠한 감정도 드러내지 않으려고 애쓰고 있는 듯 보인다. 두 사람 사이에 뭔가 있는 듯했지만, 만찬 석상이 소란스러운 데다가 주변에서 두 사람에게 계속 끼어들어 말을 하는 바람에 다른 사람들은 그런 미묘함을 모르는 것 같았다.

유나는 백성들을 위해 새롭게 시작한 시설들에 대해 연설을 시작했고, 곧이어 켄트 재상이나 일부 반대 세력들의 무자비하고 거센 저항과 반발에 부딪혔다. 그 순간, 에렌은 마치 그때를 기다렸다는 듯이 일어섰다. 모든 소란과 반발을 예상이라도 한 듯, 그는 주도권을 단번에 장악하며 압도적인 기세로 상황을 단숨에 정리했다.

삼촌인 켄트 재상에게는 한 걸음 물러서서 재상의 권위를 추켜세우며 명예를 지켜주는 발언을 입술에 침도 바르지 않고 천연덕스럽게 했다. 영주와 귀족들에게는 재정과 시설에 대한 불안감을 해소하며 안정과 이익을 챙겨주기 위한 실질적인 제안을 했고, 여왕을 위해서는 판타스마에 대한 그녀의 깊은 사랑을 새로운 사업으로 증명하고 널리 알리려 했다. 결국, 그는 지금 행하는 모든 일들이 여왕을 향한 자신만의 애정과 사랑의 결실임을 분명히 강조하는 셈이었다.

"삼촌인 켄트 재상과 의논하지 않은 것은, 외람되오나 여왕의 신분을 떠나, 제가 사랑하는 사람의 꿈을 제 손으로 이루어주고자 하는 저만의 욕심이 있기 때문입니다. 그 기쁨과 행복을 어떻게 표현해야 할지 몰라 의욕이 앞선 부분이 있던 점도 인정합니다. 하지만 제가 사랑하는 우리의 여왕은 오직 판타스마의 영원한 봄과 평화만을 바라는 여인입니다. 나날이 강직하게 성장하는 폐하의 아름다운 모습에, 전 그녀를 사랑하는 남자로서 너무나 자랑스럽고 행복합니다."

에렌의 말은 차분하면서도 강렬했고, 그가 던지는 한마디 한마디는 많은 사람들의 마음을 쥐고 흔드는 듯했다. 나는 이 모든 것이 사전에 모두 계획되고 계산된 것이라는 걸 직감했다. 만찬도, 고백도…….

그 자리에 있던 사람들은 그를 바라보며 감탄했을지도 모르지만, 나는 그의 말을 믿을 수가 없었다.

'이놈이 정말…… 유나를 사랑한다고? 에렌 휘르스트가……?'

그의 고백이 만찬 석상의 모든 사람들에게는 진실처럼 비칠지 몰라도, 나에게는 **'이제 그녀는 나의 것이다'**라고 나에게 도발하는 것처럼 들렸다. 마음속 깊은 곳으로부터 참기 힘든 격렬한 분노가 불길처럼 솟구쳤지만, 내가 여기서 유나를 위해 뭔가 반응을 하면, 아무리 사소한 것이라 할지라도 유나에겐 치명적인 위협이 될 수 있다. 무엇보다 그 누구보다 유나가 바라지 않을 것이다. 에렌도 그런 점을 노렸을 것이다.

에렌의 연설이 끝나자, 만찬 회장 안은 들뜬 웅성거림으로 소란스러워졌다. 여왕과 에렌의 결혼에 대한 기대감으로 가득 찬 함성이 울려 퍼지기 시작했다. 여기저기에서 들리는 사람들의 목소리가 점점 더 커지며, 마치 하나의 큰 물결처럼 몰아쳤다. 사람들은 판타스마의 새로운 미래에 대한 기대감으로 흥분해서 두 사람의 결혼을 연호했고, 그 열기는 점점 더 뜨거워져 갔다.

"오~~. 폐하, 그럼 에렌 휘르스트와 언제 결혼하실 생각이십니까?"

"여왕이 결혼을 한다고? 지금까지 여왕에 대한 쓸데없는 소문을 잠재울 좋은 소식이군요!!"

"그럼 우리도 여왕 폐하를 믿을 수 있지."

"어쩌면 드디어 예전처럼 영원한 봄을 맞이하게 될지도 몰라!"

만찬 회장의 함성은 '여왕의 결혼!'이라는 거대한 사건이 곧 현실로 다가올 수 있는 것임을 예고하고 있었다.

유나는 이제, 에렌과 결혼을 해야 한다는 현실에 갇혀버렸다.

지금 내 눈앞에 나의 손끝이 닿을 듯 말 듯한 거리에 있는 그녀의 모습은 마치 멀리 혼자 동떨어져 있는 것처럼 외롭고 고립되어 있는 듯했다. 숨막히는 긴장 속에서, 유나와 눈이 마주친 순간, 그녀의 눈동자 속에서 당황과 절박, 분노 등의 갖가지 감정들이 스쳤다. 나는 그녀가 이 시간을 잘 버티고 견뎌내기만을 마음속으로 바라는 수밖에 없었다. 만찬 석상의 영주와 귀족들의 웃음과 함성 속에서, 그와 대비되는 유나를 보며, 폭발할 것 같은 불쾌한 감정들을 스스로 억제하며 냉정하려고 애썼다.

지금까지 나는 그녀를 위해 수많은 날들을 바쳤고, 그녀를 지키기 위해 수없이 싸웠다. 그런데 에렌 저놈은 이렇게, 아무렇지 않게 그녀의 신뢰와 사랑을 세 치 혀로 포장하고, 모든 것을 스스로 쟁취한 듯한 표정으로, 그녀와 자기의 관계를 공식적으로 선포함으로써 그녀의 운명을 맘대로 정하고, 심지어 그것을 내 앞에서 감히 선포했다! 이 상황에서 내가 아무것도 할 수 없다는 것을 알고!!

화가 나는 마음을 가까스로 억누르고 있는 와중에, 옆에 앉아 있던 늙은 귀족이 내 어깨를 치며 들으라는 식으로 큰소리쳤다.

"여기 있는 둥켈 마을 영주 리이노와 여왕과의 스캔들도 더 이상 생기지 않을 테니 얼마나 좋습니까? 안 그래요?"

내 인내심도 슬슬 바닥을 드러낼 즈음, 히멜이 예고도 없이 만찬 회장으로 들어왔다!!

"옳으신 말씀—!!"

좀처럼 이런 공식적인 자리에는 잘 나타나지 않는 히멜의 등장으로 술렁이던 만찬 석상이 조용해졌다. 그는 알 수 없는 미소를 띠며 유나가 있는 쪽으로 다가왔다. 만찬 회장의 모든 사람이 숨을 죽이고 히멜의 모습을 눈으로 좇으며 그의 다음 말에 귀를 기울였다.

"폐하와 에렌 휘르스트의 결혼이라니, 듣던 중 반가운 소식이군요! 대찬성입니다. 좋은 점괘가 있어 궁전에 왔는데 아니나 다를까 이런 경사가 있었네요."

히멜의 말에 사람들이 안심하듯 여기저기서 탄성이 터져나왔다.

설마…… 히멜도 이 모든 사실을 알고 왔다는 건가? 그가 여왕의 문제에 대해 직접 나시는 것을 지난 몇 백 년 동안 본 적이 없다!! 이 등장이 우연일 리가 없다는 생각에 미치자 불길한 예감이 온몸을 스쳤다.

"폐하, 한말씀하시지요? 에렌 휘르스트로서도 좀처럼 쉽지 않은 고백을 했는데……."

유나가 혼자 궁지에 몰렸다는 생각에 마음이 미어졌다. 이런 상황에서 나는 그녀를 위해 어떠한 도움도 줄 수 없다. **내가 여왕에게 아주 작은 관심이라도 보인다면, 지금 유나에게는 해가 될 뿐이라 참을 수밖에 없었다.** 그저 묵묵히 지켜만 봐야 하는 무겁고 차가운 현실이 너무나 괴로웠다. 유나는 어떤 감정도 읽을 수 없는 표정을 하고 있었다. 의무, 정치적 무게, 사명……. 수많은 것들이 그녀의 가슴을 짓누르고 있을 것이다.

"여왕도 지들 맘대로 정하고서 이젠…… 결혼이라고……? ……난 꼭두각시가 아냐!"

유나는 더 이상 참을 수 없었는지 마침내 자신의 운명에 대한 깊은 불만을 터트리듯 혼잣말하며 자리를 박차고 일어났다. 동시에 공식적인 자리에서는 절대 사용하지 않는 거친 말투로 에렌을 보며 화풀이하듯 마구 쏟아냈다.

"넌 이런 방법밖에 없었어? 어떻게 나한테 한마디 말도 없이 이렇게 제멋대로 할 수 있어? 날 뭘로 보는 거야?"

유나의 분노를 담은 카랑카랑한 목소리가 만찬 회장에 울려 퍼졌다.

"이젠 뭐든지 시키는 대로, 네 맘대로 따르라는 거냐고?"

그 누구도 예상치 못한 유나의 거침없는 반응은 만찬 회장에 얼음처럼 차가운 침묵을 몰고 왔다. 주변의 사람들과 귀족들은 그녀의 갑작스러운 태도에 놀라며, 믿을 수 없는 광경을 목격한 채 얼어붙었다. 특히, 누구보다 사랑한다고 외쳐왔던 에렌에게 쏘아붙이는 유나의 거친 막말은 충격 그 자체였을 거다. 에렌이 그런 취급을 당하는 것을 본 이들은, 그저 넋을 잃고 서 있을 수밖에 없었다. 유나가 그토록 강하게, 그렇게 무자비하게 에렌에게 말할 수 있을 줄은 꿈에도 몰랐던 거다.

"폐하……. 판타스마 여왕님이 사랑하는 대상은 여왕 개인의 문제가 아닌, 우리 모두의 존속과 미래에 관한 일입니다. 우리에겐 당연히 들을 권리가 있지요."

히멀은 차가우면서도 엄숙한 목소리로 유나에게 타이르듯이 되묻으며 그녀를 진정시키며 대답을 종용했다.

"폐하를 성장시킨 그 상대가 누구인지 폐하 본인은 분명히 알고 계실 테고……. **무엇보다 '성장'이 그 증거이니**, 한말씀 해주시면 모두들 성은 이 망극할 것입니다."

유나가 그토록 고백을 피하고 싶었던 순간이 현실로 다가왔다. 주변의 시선은 그녀를 압박했고, 이제는 선택을 강요당하는 처지가 되었다. 유나의 손끝이 미세하게 떨리고 있었다. 그녀가 그토록 숨기고 싶었던 감정을 드러내야만 하는 순간, 유나가 나에게조차 드러내기 어려워했던 자신 속내를 이제는 공개적으로 밝혀야 한다. 자신의 마음을 밝히는 것이 얼마나 힘들지, 얼마나 고통스러울지, 그녀를 보며 고스란히 느낄 수 있었다.

"혹시, 말 못 할 이유라도 있는 겁니까? 두 번씩이나 성장한 상대와의 결혼 얘기에 발끈하다니……. 이해가 안 가는군요."

참다 못한 리베라 공주도 유나를 향해 한마디를 하며 따지기 시작했다.

"안 그래요? 리이노, 당신 생각은 어때요? 지금까지와 달리, 당신을 사랑하지 않는다는 여왕님의 상대가 누군지, 당신은 궁금하지 않아요?"

이 순간, 에렌을 비롯해 수호기사들 그 누구도 그녀를 구해줄 수도 없었다. 오직 유나 혼자 외롭게 이 싸움을 돌파해야만 했다.

"리베라 공주 말도 일리가 있군요."

켄트 재상도 이때를 놓치지 않고 끼어들었다.

"폐하와 에렌이 사랑하는 사이라면 왜 결혼 문제를 거절하는 거지요? 우리 휘르스트 가문 남자가 여자를 사랑해서 결혼하는 일이 생기다니!! 가문 역사상 한 번도 없었던 사건이라 저도 충격입니다. 아무리 조카지만 그런 일이 생기다니, 믿기 어려워서요……."

"이 기회에 폐하의 맘을 툭 터놓고 폐하를 성장시킨 진짜 기사가 누군지 밝히시는 게 어떠실까요? 아까의 그 기백은 모두 어디로 간 겁니까?"

마치 사냥감을 쫓듯이 모두가 유나를 포위하며, 유나에게 **사랑하는 대상이 누구인지, 성장의 대상이 누구인지 돌아가며** 추궁하기 시작했다.

유나에게 있어 사랑하는 대상은, 그녀의 가장 깊은 부분에 숨겨둔 은밀한 감정일 것이고, 그 감정을 세상 앞에 드러내야만 한다는 것은 큰 부담이고 고통일 것이다. 심지어 그녀는 스스로를 속여가며 에렌을 사랑한다고 굳게 믿고 싶어 한다. 그것이 개인적인 감정일 때는 상관없지만, 이렇게 공적으로 많은 사람들 앞에서 자신을 속이고 타인을 속이며 공론화하는 것은 유나로서는 견디기 힘든 시련이며 고통일 것이다.

앞으로 그 누구에게도 자신의 진실한 감정을 드러낼 수 없다는 고립감과 그것이 알려졌을 때의 파장과 생명의 위험을 생각하면 너무나 무섭고 고통스러울 것이다.

마침내, 유나가 주변의 압박에 못 이겨…… 힘겹게 입을 열려고 결심하고, 사랑하는 이를 밝히려는 그 순간. 그녀의 눈빛은 공허하고 그 속에 담긴 고통과 굴욕감은 이루 말할 수 없을 정도로 깊어 보였다.

나는 자신의 사랑을 숨기는 것이…… 마음속에 깊은 감정을 감추는 것이 얼마나 큰 아픔인지…… 알고 있다.

유나의 아픔을 충분히 이해할 수 있을 것 같았다.

"……. 그래……. 난…… 에렌을 사랑……해……."

고통으로 인해 단어 하나하나가 입밖으로 나오기까지 힘겨운 시간을 보냈다. 유나의 눈에서 한 줄기 눈물이 흘러내렸다.

그러고는 유나는 자리를 박차고 나가버렸다.

"여왕 폐하 만세!! 여왕 폐하 만세~~~!!!"

"판타스마 만세~~~~~~!!!"

결국 놀이공원과 학교, 병원 개장을 위한 만찬은 에렌 휘르스트와 여왕의 공식 연애 인정과 결혼 예고를 위한 축하 만찬으로 끝났다.

지금까지, 나는 그녀의 결정을 언제나 존중했고, 그녀가 진정으로 행복할 수만 있다면, 그저 지켜볼 수밖에 없겠다고 생각했다. 언제까지나 자신의 감정을 끌어안고 묵묵히……. 하지만, 이젠 나 외엔 유나를 지킬 수 없다는 것을 알았다. 어쩌면 앞으로 그녀가 위험할 수도 있고, 판타스마 전체가 그녀의 적이 될 수도 있다고 판단했다.

아직 두 번의 추수 감사절이 지났을 뿐인데……. 에렌의 서투른 도발이 그녀를 더 위험하게 만들었다는 생각에 그 녀석을 용서할 수 없다.

유나는 내 마음에 봄을 불러왔다.

얼어붙은 내 심장을 녹이고,

지금까지와 다른 세상을 볼 수 있게 새로운 생명을 부여해줬다.

나는 그녀의 운명을 대신할 수 없지만, 그녀의 자유와 선택을 지켜주고 싶다.

이것들은 도대체 어떤 세상에서 온 것인가?

이것이 유나가 만든 '놀이공원'이란 것인가? 달빛 아래 펼쳐져 있는 건축물들은 기이한 형태의 구조물로 하늘을 향해 솟은 나선형의 터널이며, 본 적도 없는 형형색색의 희한한 건물과 나란히 늘어선 탑들과 식물과 동물 모양을 본떠 만든 모형들이 여기저기 있었다. 그 외 본 적도 없는 아기자기한 것들로, 과연…… 상상하고 꿈꾸던 것들을 현실로 만들어놓은 듯한 재미있는 시설들이었다.

이것이 유나의 마법의 세계인가? 이것이 마법이라면 나는 더 이상 그 어떤 마법도 두렵지 않을 것 같았다.

이곳을 만든 주인을 찾아보니 유나는 커다란 버섯처럼 생긴 탑 꼭대기에 앉아 있었다.

"어떻게 알고 온 거야?"

유나가 나를 발견하고 먼저 말을 걸어줬다. 마치 기다리고 있었던 듯이…….

"나도 몰라……. 네가 있는 곳은 그냥 알게 돼. 공기처럼 그냥 느낌으로…… 언제나 느낄 수 있어……."

내가 그녀에게 다가가는 동안 그녀는 나에게, 어쩌면 자기자신에게 하듯 이야기를 하기 시작했다.

"내가 원해서든 아니든, 난 여왕이 된 뒤로는 정말 열심히 노력했어. 좋은 여왕이 되려고……."

그렇지! 그녀는 언제나 노력하고 있었어. 정말 순수하게. 좋은 여왕이 되기 위해 많은 노력을 했지……. 난 그녀가 판타스마에서 적응하며 열심히 살아온 시간들을 알고 있다.

"그런데 왜 날 데려왔어……? 왜 하필 나야?"

나를 보자마자 유나는 눈물이 가득한 얼굴로 원망스러운 듯 말했고, 그 눈물은 내게 보내는 비난 같았다. 내 마음은 갈기갈기 찢어질 듯 아팠다. 그녀가 이렇게 힘들어 하고 있는 모습을 지켜볼 때마다 내 마음은 무너져 내렸고, 그 고통은 도무지 익숙해지지 않는다. 그녀가 그토록 애써 살아온 모든 날들이, 지금 이 순간 그녀의 눈물 속에 갇혀 있는 것 같았다.

"그럼— 돌아가고 싶어? 널 다른 누군가에게 넘겨줄 바엔 나도 차라리 돌려보내버리는 게……."

그녀를 돌려보낸다는 생각은 한 번도 해본 적이 없었지만, 나도 모르게 순간 생각지도 않은 말이 나왔다.

"무슨 소리야?"

"집으로 돌려보내주겠다는 거야? 내가 전에 살던 곳으로? 그게 가능한 일이었어?"

"전에는 안 된다고 했잖아?"

유나의 눈동자 안에 작은 빛이 반짝였고 그 빛은 희망이라고 하기보다 지금의 이 절망 상태에서 빠져나오기 위한 등불처럼 보였다.

"그래 본 적이 없지만……. 왠지 네가 이렇게 힘들어하는 걸 지켜본다는 게 맘에 안 들어서 화가 나. 이런 기분은 처음이다."

유나가 간절함을 담은 눈으로 나를 바라보았다. 그리고, 그녀의 눈에서 희미하게 흘러내리는 눈물이 보였다. 그 눈물은 단순한 슬픔이 아니었다. 그것은 고통 속에서도 희망을 붙잡고 싶은 갈망처럼 보였다.

"리이노는 내가 괴로워하든 힘들어하든 상관 안 했잖아? ……그랬는데 왜……?"

유나가 내 가슴을 치며 그녀가 그토록 힘든 시간을 혼자 견뎌온 것에 대한 원망을 내게 쏟아냈다.

"상관하지 않는다고 생각했어?"

"내가 어떻게 하든 나 같은 건……, 내 맘 같은 건…… 어떻게 되든 상관 안 했으면서……. 그래서 난……!"

유나는 무너지듯 내 가슴에 쓰러지며 오열을 했다.

내가 지금 할 수 있는 일은, 그녀를 안아주고, 그녀의 고통을 조금이라도 나눠주는 것. 그녀의 눈물이 멈추지 않더라도, 그녀를 떠나지 않고 끝까지 곁에 있어주는 것이었다.

"날 이렇게 만든 건 바로 너야."

그리고 함께 싸워주겠다고 결심했다.

"그래서 난…… 난…… 좋아하지 않으려고. 생각하지 않으려고…… 얼마나 죽을 정도로 노력했는데……."

유나의 애틋한 고백에 내 가슴은 터질 듯 아팠고, 한없이 달콤해서 온몸에 전율이 끓어올라 감당하기 힘들 정도였다. 가슴속에서 불꽃처럼 타오르는 기쁨과 감동은, 이제껏 경험한 적 없는 감정의 소용돌이였다. 감당할 수 없을 정도로 마음이 벅차올랐다.

믿을 수 없었다. 이렇게 유나의 마음을 확인하게 될 줄은……! 내 손끝은 떨리고, 가슴속에서는 기쁨과 혼란이 겹쳐졌다. 그녀의 고백을 듣는 것만으로도 지금까지 겪은 모든 고통이 보상받은 듯했다. 내 마음이 이렇게 흔들리며 아프도록 행복할 줄은 몰랐다.

이제는 두려움 없이 내 마음을 전할 수 있을 것이다. 그동안 숨겨왔던 모든 사랑을 그녀에게 고백할 수 있을 것이다. 내 가슴속 깊은 곳에 차마 말할 수 없었던 뜨거운 갈망들을…….

◇◇◇◇

은은한 달빛을 받으며 유나와 함께 파프너를 타고 인적이 드문 숲길을 골라 둥켈 마을로 향했다.

숲속의 공기는 차갑고, 밤의 고요함은 우리를 더욱 가깝게 이끌었다. 서로의 체온에서 전해지는 온기가, 이 차가운 밤공기 속에서 유일하게 따뜻하게 느껴졌다. 처음으로 서로의 마음을 알게 된 이후, 이 순간을 맞이하기까지 모든 게 꿈만 같았다.

내 품에 안긴 유나의 긴 머리카락이 꽃향기를 풍기며 내 얼굴을 간지럽힌다. 그녀의 온기와 향기에 취해 마치 녹아드는 듯한 기분에 빠져들었다. 나는 조심스럽게 그녀의 부드럽고 탄력 있는 머리카락을 쓸어 넘겼다. 내 손끝이 유나의 귀를 스치는 순간 유나가 몸을 움찔하며 내 가슴에 기댔다.

"이상해……. 이상해…… 어떻게 이렇게 되어버린 걸까? 난……."

유나는 계속 이 모든 것이 꿈처럼 믿기지 않는다고 했다. 아무리 마음을 다잡으려 해도, 결국엔 나를 향한 마음이 깊어지기만 할 뿐 멈출 수 없었다고 고백했다. 그런 것이 도무지 이상하고 믿어지지 않는다며, 그리고 지금 너무 행복해서 무섭다고 했다.

"이 숲에서만큼은, 누구에게도 방해받지 않고 마음을 나눌 수 있어."

나는 그녀의 귀에 속삭였다. 그리고 그녀의 사랑스럽고 작은 귀를 가볍게 깨물고, 그녀의 탄식을 느끼며 목덜미를 따라 얼굴을 스치며 입술을 찾았다.

"우리만의 비밀이 되어줄 거야."

말랑한 입술을 가볍게 깨물자 그녀는 조심스럽게 입술을 열어 작은 공간 속으로 수줍은 듯이 들어왔다. 나는 미친 듯이 갈증이 났지만, 혹여 선부른 행동을 할까 두려워 조심스럽고도 부드럽게, 달디단 그녀의 입술을 만끽했다.

흥분한 그녀의 손끝으로부터 전해지는, 내 피부를 파고드는 그 아픔 또한, 나를 떨게 만드는 쾌감으로 바뀌었다. 파프너는 조심스럽게 우리를 숲으로 안내해주었고, 우리는 그렇게 서로의 존재를 깊이 느끼며 사랑을 속삭였다.

언제나 먼 거리에서 바라보던 그녀를 입술로 구석구석 느끼고, 그녀의 체취에 취해 손끝으로 매끄럽고 말랑한 감촉이며 부드러운 곡선이며 따스하고 감미로운 숨결을 맘껏 탐닉했다. 탐스럽게 찰랑이는 머리카락을 쓰다듬으며 처음으로 긴 세월의 고독과 허기와 외로움이 모두 채워지는 것 같았다.

바람이 더 강하게 불어 나뭇가지들이 서로 부딪히며 스산한 소리를 냈지만, 마음속에서는 다른 소리가 들렸다. 그것은 우리의 심장 소리였다. 가까워진 우리의 마음은 마치 서로를 향해 끌어당기는 마법처럼 강력했다.

밤은 점점 더 깊어가고, 숲의 어둠 속에서 우리의 사랑은 점점 더 짙어졌다. 서로의 마음을 확인하며…….

9장

얼어붙은 심장을 녹이고…

"리이노와 함께라면 아무것도 무서운 게 없어……. 마치 꿈을 꾸고 있는 것 같아……."

"꿈이 아냐……. 모든 게 현실이야……. 지금 이 모든 게……. 너랑 내가 이렇게 될 수밖에 없는……. 그런 거야. 여왕 프래이야의 저주가 이렇게까지 고맙게 생각되긴 처음이다. 네가 계속 날 싫어한다고 피했으니까."

"저주라니? 무슨 소리야? 그게 뭔데?"

유나는 프래이야의 이야기나 저주에 대해 아직 모르고 있는 것 같았다.

"잠깐, 가만 있어."

하필, 그때 숲속 어둠 속에서 위험한 짐승들이 날카로운 눈빛을 번득이며, 무리를 지어 기어나와 주위를 에워싸기 시작했다. 유나가 놀라 소리를 내자, 더욱 으르렁거리기 시작했다. 재빨리 검을 뽑아 힘껏 바닥에 내리꽂았다. 어쩔 수가 없다. 저놈들은 어렸을 때부터 내가 이곳에 발을 들이면 언제나 날 찾아온다. 저급한 어둠의 족속들이다.

"미안해……. 이젠 괜찮을 거야. 저 검은 다들 무서워하니까."

"리이노, 여긴…… 마치 어둠의 숲이랑 비슷하게 닮았어."

"맞아……. 어둠의 숲 부근이야. 아무래도 여기가 제일 안전할 것 같아서……. 하지만 나랑 있으면 괜찮을 거야."

유나의 안전을 위해 어둠의 숲으로 오긴 했다. 둥켈 마을까지 아직 한참 남았고, 이렇게 쉬어 가면 내일 오후 즈음엔 둥켈성에 도착할 수 있다고 생각했는데…….

"빛의 종족이나 요정족들이 엿듣거나 자각을 못할 테니까……. 그들은 이 근처엔 잘 오지 않아. 여기에 있으면, 그 누구도 우리가 어디 있는지 누구도 알아내기 힘들 거야. 안심해."

"난 괜찮아……. 리이노랑 같이 있는 걸 다른 사람들에게 들킨다고 해도……."

그렇다! 지금, 판타스마에서 유나가 나랑 있을 수 있는 가장 안전한 장소가 아이러니하게도, 이 **'어둠의 숲'**이다. 깊은 숲으로만 들어가지 않고 내가 옆에 있으면 안전하지만, 그녀를 데리고 사랑을 나누며 서로에 대한 깊은 마음을 확인할 수 있는 장소가 어둠의 숲이라니……. 지켜준다고 큰소리를 쳤으면서 유나랑 함께 편안하게 미물 수 있는 곳이 이 어둠의 숲이라는 사실에 새삼, **그녀에 대한 미안함**과 **자신에 대한 실망이 커졌다.** 한 번도 느껴보지 못한 생소한 감정을 경험하며 마음이 복잡했다.

유나에게 더 멋지고, 특별한 뭔가를 해줄 수 있으면 좋겠다고 생각하지만, 정말 그녀를 위해 해줄 수 있는 게 아무것도 없다는 사실을 새삼 깨달았다.

지금은 비록 어둠의 숲이지만, '**첫날밤**' 둥켈성에서 가장 넓고, 달빛이 잘 드는 방에 그녀가 좋아하는 꽃이며 멋진 고급 직물들로 침대를 장식해주자……. 목욕도 언제든지 할 수 있게 방을 고쳐주고……. 이런 생각들을 하다 보니, 문득 유나와 함께 둥켈 마을에서 지내면서 마을을 고쳐보는 건 어떨까 싶었다. 유나가 원하는 놀이공원이라든가 학교 같은 것도 만들면 둥켈 마을도 예전처럼 다시 사람이 잘 살 수 있는 곳이 되지 않을까.

그녀와 함께라면, 그 어떤 어려움도 극복할 수 있을 것 같았다. 작은 일상 속에서도 행복을 찾을 수 있을 것 같았고, 둘만의 세계에서 서로를 바라보며, 늘 함께할 수 있다는 상상만으로도 마음이 벅차올랐다.

유나를 데리고 둥켈 마을로 돌아가도 아마 유나는 쉽게 겨울을 부르거나 하지 않을 것 같다. 이전의 여왕들은 내가 그들의 사랑을 받아들여 주지 않아 절망 속에서 겨울을 불렀고, 비극적인 최후를 맞이하며 사라졌지만……. 유나는 내가 사랑하고 지켜줄 테니, 판타스마의 봄은 계속될 것이다. 그리고. **그들은 봄을, 난 유나를 가지면 되는 거다.**

이전처럼 둥켈성에서 함께 사는 것도 나쁘지 않을 것 같다. 유나는 어떨까? 그런 상상만으로도 마음속에서 솟아나는 행복함은, 그 어떤 말로도 다 표현할 수 없을 만큼 컸다.

여기까지 오면서도 나의 모든 응석을 다 받아주느라 유나는 많이 피곤해 보였다. 여전히 상기되어 있고 매혹적이다. 이토록 설레고 날 행복하게 만드는 존재를 만나다니……. 그게 유나라니 신기할 뿐이다.

"얘기해줘—. 아까 말한 프레이야의 저주란 게 뭔지? 나랑 리이노가 좋아하면 안 되는 거 맞지? 그래서 옛날 여왕들도……."

"아냐! 틀려……. 프레이야의 저주는 여왕이 운명적으로 날 좋아할 수밖에 없게 만든 거였어. 그러니 그건 여왕에게 걸린 저주야! 그리고, **판타스마에 겨울이 오는 건 나와 여왕의 문제가 아냐! 여왕의 마음의 문제이고.**"

"리이노랑 내가 서로 좋아하는 게 저주 때문에 어쩔 수 없이 그렇게 된 거라고? 사람을 좋아하는 게 저주 때문이라는 거야? 그런 건 싫어!! 저주나 어떤 힘 때문에 누굴 좋아하다니……. 내가 누굴 좋아한다면 그

건…… 내 마음속에서 시작되는 거라고 봐."

마치 날 위로하듯 내 목을 감싸안으며 진지하고 속상하고 억울한 듯이 말하는 유나가 사랑스러워서 다시 가슴이 뜨거워졌다.

"리이노―. 난 저주 때문에 리이노를 좋아하는 게 아냐……. 이건 프래이야의 저주 같은 감정이 아니라고! 사람을 좋아하는데 저주라니……."

유나의 그 말은 마치 한 줄기 따스한 바람처럼 내 마음에 스며들었다. 유나가 나를 생각하는 마음이 이렇게 깊고 강렬하다는 사실을 다시 한번 확인했다. 유나에게 있어 나는 단지 기사 중 한 명일 뿐이라고 여겼던 나날들이 있었지만, 이제는 다르게 느껴졌다. **유나의 가슴에 얼굴을 묻고 그녀의 심장 소리에 한없이 편안해지는 느낌을 받았다. 오직 이 따뜻한 심장 소리만이 내 안에 스며들며 나를 감싸안아 얼어붙은 내 심장을 녹여주는 것 같았다.**

몇 백 년의 기다림 끝에 드디어 만난 유나를 보며, 지금 이 순간 그녀와 함께하는 시간이 얼마나 소중한지 다시 한번 깨닫게 된다.

"네가 처음이야……. 누구를 이렇게까지 생각한 적이 없었어. 네가 떠오를 때마다, 난 내 의지와 상관없이 너를 향해 끊임없이 끌려가는 것 같아. 지금까지 그런 마음이 생긴 적이 없었는데. 언제나 네가 내 머릿속에서 사라지지 않는다고. 이런 식으로 끈질기게 누군가를 계속 생각하고 굴복해버린 건…… **네가 처음이야…….**"

이렇게 끊임없이 두근거리고, 날 좌절하게 만들고, 헤어나오지 못하게 하고, 당황하게 하고, 미치도록 절실하게 만든 것도 네가 처음이야……. 태어나서 처음…….

그동안 내 마음속 깊은 어둠 속에 숨어 있던 감정들이 그녀를 향해 마구 쏟아져 나왔다. 이 순간, 더 이상 내 마음을 숨기지 않아도 된다는 사실에 믿기지 않을 정도로 편안해졌다. 그동안 가슴속에만 쌓아둔 무거운 짐을 내려놓은 것 같았다. **내 심장은 더욱 자유롭게 뛰고, 내가 느낀 사랑을, 그 고백을,** 온전히 그대로 받아주는 존재가 있다는 것이 무엇보다 기뻤다.

유나는 온화한 미소를 띤 채 따스하고 깊은 눈으로 바라보며 처음 듣는 내 이야기에 귀를 기울이고 있었다. 그 모습을 보니 하고 싶은 이야기가 저절로 이어졌다. 처음 유나를 만났을 때, 어리다고만 생각하고 방심했던 나의 생각이나, 당연히 나에게 반할 줄 알았는데 수호기사들만 두둔하고 어울릴 때의 섭섭함과 실망 등…….

"리이노는 이런저런 생각이 많았구나!! 난 리이노가 늘 날 싫어한다고만 생각했어. 나만 짝사랑한다고 얼마나 억울했는데!! 늘 나한테는 쌀쌀맞고 친절하지도 않고……. 그래서 안 좋아하려고 해도 뜻대로 안 되고, 자꾸 나만 더 좋아한다고 생각하니까 내가 얼마나 속상했는데……."

"게다가 넌 나랑 아무 일도 없었는데, 내가 알지도 느끼지도 못하는 사이에 계속 혼자 성장해버리고……."

"아무 일도 없다니? **……아……!**"

탄식 같은 한 마디를 내뱉은 유나가 갑자기 얼굴이 빨개졌다.

"한때 눈이 뒤집혀서 수호기사들을 몽땅 죽이려고까지 했었어."

"정말?? 리이노~~, 너 정말 무서운 사람이구나!!!"

"이젠…… 누구에게도 널 넘겨주지 않을 거야."

그 말은 단순한 다짐이 아니었다. 몇 년, 아니 수백 년을 기다린 끝에 마침내 운명을 거머쥔 맹세이자 고백이며 의지였다.

“널 괴롭히거나 귀찮게 하지도 못하게 할 거고, 그게 불가능하면 판타스마의 모든 사람의 적이 되더라도 널 내 성안에 가둬둘 거야.”

진심이었다. 판타스마의 모든 사람을 적으로 돌려도 유나를 지키기 위해 싸울 각오가 되어 있었다.

“뭐야? 돌려보내준다고 할 땐 언제고? 난 새장 안의 새처럼은 살 수 없어!”

그러고도 널 행복하게 할 수 없다면……. 그때 널 돌려보내줄게……. 원래 왔던 곳으로…….

안다! 그렇다! 유나는 성안에서 나만 바라보며 살 수 없다는 것도……. 그녀가 그런 걸 바라지 않는다는 것도 안다. 판타스마의 모든 사람이 적이 되어버리면, 유나는 행복할 수 없다는 것도 안다.

그래……. 판타스마는 봄을 유지하고, 나는 유나와 함께 지내면 될 거야. 내가 유나를 사랑하고 유나의 마음에 행복과 사랑이 충만하면 판타스마는 영원한 봄을 맞이할 수 있겠지!! 필요하면 히멜이든 에렌을 만나야 할지도 모른다고 생각했다. 유나를 사이에 두고 정치적인 문제와 그들의 불안을 해소해야 하는 문제를 해결해야 한다고 생각했다.

유나만큼은 이전의 여왕들처럼 비극적인 결과를 맞이할 리가 없으니까. 내가 그녀를 사랑하고 있으니…….

◇◇◇◇

숲속 저편에서 갑자기 웅성거리는 사람들의 소리가 우리의 평화를 깨뜨렸다. 내 품에서 잠시 눈을 감고 있던 유나가 갑자기 긴장하며 일어났다.

"괜찮아. 밀렵꾼들이야."

밀렵꾼들이 지나가며 천둥번개가 치고 우박이 내렸다고 떠들었다. 그리고 여왕의 마음을 두고 변심이니 아니니 이러쿵저러쿵하며 지나갔다. 저런 자들까지 여왕의 변심이나 판타스마의 봄을 의심한다면 이건 심각하다.

"아까 저 사람들이 천둥이나 우박이 내렸다고 했는데, 무슨 얘기일까? 게다가 여왕이 변심 어쩌고 하지 않았어?"

유나도 들은 모양이다. 빨리 움직여야 할 것 같다. 유나를 일으켜 세우며 그녀가 불안해하지 않도록 말과 행동에서 결코 흔들림을 보이지 않으려 애썼다.

"널 데리고 둥켈의 내 성으로 돌아갈 거야. 오늘 밤 안으로. 좀 서둘러야 할 것 같아. 넌 내가 지켜줄게! 만약, 재상이든 수호기사든, 누구든 널 해치거나 데려가겠다면 각오해야 될걸!!"

바람도 차갑고 서두르지 않으면 곧 새벽이 될 거다. 유나의 눈빛에서 걱정과 불안이 스쳐지나가는 것을 느꼈다.

"두고 보라고 해! 내가 아니면 이 판타스마에선 누구도 여왕을 만들 수 없으니까. 저주받은 이 판타스마에서는 내가 여왕을 선택하고 맹세의 서약을 하지 않으면 그 누구도 진정한 여왕이 될 수 없어!"

나는 유나와 함께 오면서 계속 다짐했다. **그녀를 절대로 위험에 빠뜨리지 않겠다.** 그 어떤 순간에도 그녀를 지킬 준비가 되어 있었다.

“유나—. 이제 널 수호기사들 사이에 두고 그저 바라보고만 있는 짓은 안 해. 나랑 가자—!!”

순간, 유나의 눈빛이 흔들렸다.

“리이노—. 나……, 그래도 잠깐 엘리샨에……, 궁에 다시 한번 들렀다가 가면 안 될까?”

“이대로 갑자기 가는 건 좀……. 적어도 수호기사들이랑 나에게 잘 대해 준 사람들 얼굴이라도 한 번 더 보고……, 그리고…….”

“지금 가서 작별 인사라도 하고 오겠다는 거야?”

나도 모르게 격앙된 소리가 나왔다.

아……. 유나는 항상 결정적인 순간에 내 기대를 저버리고 엉뚱한 대답을 했던 게 생각났다. 마치 지금처럼.

“그런 게 아냐!! 내일이 놀이공원과 병원 개장하는 날이라, 내가 그동안 얼마나 힘들게 고생을 하며 내일을 기다렸는데……. 적어도 놀이공원이나 학교 개장만이라도…….”

시간을 달라는 건가?

“미안해. 나에게 시간을 줘— 그때 가서 리이노랑 함께 가도 되잖아?

사실 이런 식으로 도망가는 건 싫어. 또 모두들 걱정하고 있을지도 모르고…….”

유나의 얘기에 마음이 안타깝고 가슴이 무너져 내렸지만 그녀의 부탁을 거절하거나 딱 잘라 안 된다고 대답을 할 수가 없었다. 그들이 그녀를 걱정할 거라는 생각이 잘못되었다며 단호하게 말해 그녀의 기대를 무너뜨릴 자신도 없었다.

“좋을 대로…….”

유나는 좋아라 하며 나에게 매달리며 고마워했다. 마음이 불안하고 그녀가 너무나 염려되었지만 유나의 고집을 꺾을 수도, 또 그녀가 그토록 기다리고 원했던 그 놀이공원이나 학교, 병원의 개장에 참석하지 못하게 할 수도 없기에 일단 그녀에게 내일 하루의 시간을 주고 생각을 해보기로 했다.

◇◇◇◇

서둘러서 온 엘리샨의 분위기가 심상치 않았다. 밤이라 유나는 아직 눈치를 못 채고 있는 듯하지만, 마을 입구나 엘리샨성 주변의 분위기가 예전 같지 않다. 게다가, 야경꾼들도 보이지 않는다.

유나를 무사히 성안으로 들여보내놓고 그녀에겐 분명히 다시 못박아두었다.

“오래 기다리진 않을 거야!”

뛰어가는 그녀의 뒷모습을 바라보며 불안한 마음이 꿈틀거렸지만 무슨 일이 일어나면 그때 가서 해결하자고 맘을 먹었다.

눈앞에서 펼쳐진 장면을 보고 내 심장은 말 그대로 내려앉을 것 같았다. 유나가 같은 광경을 보고 받을 실망과 아픔을 생각하면 마음이 미어졌다.

엘리샨뿐 아니라 여기저기 마을들의 집들이 무너졌고, 유나가 만든 놀이공원이나 학교도 내려앉았다. 한눈에 봐도 피해가 상당히 컸다. 분명히 어젯밤 내가 유나와 함께 있을 때 일어난 일이다. 과거에 내가 여왕들과 함께 있을 때 가끔 이런 일들이 있기는 했지만, 매번 그렇지는 않아서 방심했다. 정말 나와 유나가 사랑을 하면 판타스마에 재앙이 내린다는 말인가?

유나는 괜찮을까? 혹시, 자책하고 있지나 않을지……. 그녀가 걱정이다. 그렇게 보내는 게 아니었나? 어떻게든 유나를 다시 데려와야겠다. 재상이 손을 쓰기 전에.

이런 생각을 하던 차에, 아침부터 날 계속 쫓아다니며 미행하고 있는 놈이, 갑자기 불쑥 나에게 편지를 건네 주고 갔다.

—여자를 살리고 싶으면 두 번 다시 그녀 앞에 나타나지 마라.—

읽을 가치도 없다!! 이런 걸 나에게 보낼 사람은 그놈밖에 없다! 에렌휘르스트 바로 그놈이다!!

이런 편지 따위로 내가 물러날 거라 생각했다면, 그는 나를 너무 얕잡아보는 있는 것이다. 그녀가 나를 필요로 한다면, 나는 언제든지 이곳에 있을 것이다. 내가 물러서면 그녀는 혼자 남겨질 거고, 또 다른 위기에 처하게 될 것이다. 그놈이 내게 무슨 말을 하든, **나는 절대로 그녀를 떠**

날 수 없다.

그 누구도 내게 그녀를 떠나라고 할 수 없다!

판타스마는 여전히 봄이고 날씨도 좋다. 유나는 꿋꿋하게 잘 버티고 있다.

민심도 흉흉하고 여왕에게 함부로 하는 자들도 있다고 들었는데, 유나는 아랑곳하지 않고 매일같이 피해 지역 복구 사업 시찰을 다닌다고 한다. 게다가 소문에 의하면 유나와 에렌의 결혼식 준비가 진행되고 있다고 한다.

마침, 왕궁에서 켄트 재상이 주최하는 귀족과 영주들 모임이 있다고 하여 유나를 데려올 기회라 생각해 참석하기로 했다. 여전히 모두들 나를 바라보는 눈빛은 호의적이지 않다. 그렇거나 말거나 난 유나만 찾으면 된다.

재상이 긴급 소집한 귀족과 영주 회의는 유나와 에렌을 빨리 결혼시키자는 안건을 논하는 자리였다. 내용은 일말의 들을 가치조차 없어 나와버렸다. 지금은 유나가 본인의 마음대로 해달라니까 어쩔 수 없이 내가 가만히 있지만, 다들 웃기고 있네……. 결혼식 따위, 누가 잠자코 지켜보고 있을 줄 알고?

흥—. 여왕의 진짜 속마음을 알면 너희 전부 자빠질 거다!

여왕도 참석이라 그런지 유나를 대회의실로 가는 회랑에서 쉽게 발견했다. 그녀를 보자마자 내 심장은 기다렸다는 듯이 거칠게 뛰기 시작했다. 유나는 저 멀리서 나를 발견하자마자 주변의 시선이 신경 쓰였는지 인적이 드문 회랑 쪽으로 재빨리 피하려고 했다. 그리고는 이전처럼 눈길을 피하며 또 도망치려 하기에 서둘러 따라갔다.

"유나—. 왜 도망을 가는 거야? 할 말이 있어."

"무슨 일이야? 왜 그래?"

내 말에 반응도 않고 무시하며 계속 피하기만 한다. 어쩐지 이전의 유나의 태도와 똑같다. 서로가 마음을 알고 고백하기 전의 그 모습. 그녀가 나를 벗어나려고 할 때마다, 나는 점점 더 그녀의 곁에 다가가고 싶은 마음이 걷잡을 수 없이 커졌다.

"따라오지 마. 바보—!"

"기다려 봐. 할 얘기가……. 왜 그래? 무슨 일이 있었어?"

멀어지려는 유나를 가까스로 붙잡았지만, 그 순간 얼굴을 피하며 고개를 돌렸다. 그 찰나에 본 힘겨운 표정이 가득한 얼굴, 두려움과 불안함이 엄습한 모습, 안절부절 못하며 어쩔 줄 모르는 유나는 평소에 내가 알던 그녀가 아니다.

"더 이상 판타스마가 망가지거나 엉망이 되는 거 싫어—."

사뭇 심각하게 말하는 그녀의 목소리가 떨리고 있었다.

"무슨 말이야?"

"부탁이야……! 지금은 날 혼자 있게 해줘. 제발……."

유나는 나와 거리를 두려는 듯이 긴 장막 사이로 몸을 재빨리 숨겼다.

그러곤 절박한 목소리로, 마치 간절히 부탁하듯이 말했다.

“리이노와 있으면 사람들이 다친대……. 그게 저주가 아니고 뭐야?”

“뭐야? 누가 그 따위 소릴 해?”

‘설마 에렌 그놈이 유나에게…… 또 이런 쓸데없는 말을 하며 협박이라도 한 건가?’

“결심했어. 당분간 이대로 있고 싶어. 판타스마의 여왕으로 말이야……. 그것만 생각하고 싶어. 그러니까…….”

어이가 없고 참을 수가 없었다. 겁에 질려 떨고 있는 유나가 안쓰럽고 마음이 쓰라리면서도 이해가 안 되었다. 내가 보호해줄 테니 걱정하지 말라고 말하고 싶었다. 꽉 껴안아주고 안심시켜주며 고통과 아픔으로 몸부림치는 그녀를 위로하고 **두려움**과 **불안**을 덜어주고 싶었다.

“이러지 마……. 안 돼, 제발……. 날 좋아한다면, 날 생각해준다면…… 제발 놔줘…….”

“싫다…….”

그녀를 끌어안고 필사적으로 나의 진심을 전하고 싶었다. 우리가 얼마나 가까웠고 서로를 신뢰하고 있었는지, 내가 그녀를 지켜주겠다 한 약속을 기억해내기를 바랬다. 우리가 나눴던 사랑이 얼마나 뜨거웠는지 기억해주길 바랬다.

“우리가 이대로 쭈욱 있을 수 있다면 난— 겨울이 와도 상관없어……. 다른 사람들이 어떻게 되든 상관 안 해. 너만 손에 넣을 수 있으면 영원한 겨울이 지속되는 판타스마 따위는 아무래도 좋아. 그러니 나를 믿고 걱정하지 마, 유나……. 제발……”

"싫어——!"

유나가 강하게 몸부림치며 나를 밀쳤다.

"날 이렇게 만든 건 리이노잖아? 날…… 여왕으로 만든 건 리이노 아니냐고!"

그녀는 눈물로 범벅이 된 얼굴을 한 채 절규하듯 그렇게 외치며 다시 도망가버렸다.

◇◇◇◇

유나는 역시 충격이 컸나 보다. 마을이 크게 부서질 정도의 천재지변이 나와 그녀가 관련 있다고 생각하는 것 같다. 왠지 내가 가까이 갈수록 그녀는 더 멀어질지도 모른다는 느낌이 든다. 그녀의 바람대로 그저 혼자 두고, 나는 정말로 떠나야만 하는 건가? 아니, 그렇다고 하더라도 떠난 후에, 그녀가 다시 돌아올 수 있을지, 돌아오는 게 가능할지, 알 수가 없었다.

유나가 걱정이 되어 며칠을 엘리샨에 머물며 초조한 마음으로 유나를 납치라도 할까 고민하던 차에, 파프너의 고삐에 뭔가가 묶여져 있는 것을 발견했다. 설마 또 에렌 녀석이 한 짓인가 싶어 뜯어버리려 하는데, 편지를 묶고 있던 귀퉁이에 여자 귀고리가 달려 있었다.

설마…… 유나가??

리이노 미안했어…….

전에 우리가 하던 이야기를 다시 하고 싶어.

예전에 프래이야 여왕이 사용하던 궁전에서 기다릴게…….

유나가 나를 찾고 있다……! 이미 인내심이 한계에 다다른 나는 망설이지 않고 바로 출발했다.

유나는 어떻게 여길 알았을까? 엘리샨에서 약간 떨어진 언덕에 있는 옛 궁터는 프래이야 사후로는 계속 방치된 상태였고, 과거 여왕들이 유폐되기도 한 기분 나쁜 장소여서 대부분 그 누구도 근처에 잘 오려 하지 않는 곳이다.

유나는 왜 하필 이런 곳에서 날 보자고 했을까?

오랜만에 찾은 궁전의 내부는 먼지만이 소복이 쌓인 채 텅 비어 있었다. 쇠락한 벽은 온갖 덩굴이 휘감고 있고, 대리석 바닥에는 잡초와 이끼가 얽혀 있었다. 음산한 기운이 흐른다.

이윽고 저쪽 기둥에 망토를 입은 누군가를 발견했다! 그녀다!!!

"유나—?"

아……. 그리움과 설렘이 가슴을 가득 채우며, 심장은 불규칙하게 뛰어 미칠 것 같았다.

"가까이 오지 마!!! 거기서……, 거기서 내 얘길 들어줘……."

"무슨 일이야? ……하필 이런 기분 나쁜 장소에서 보자고 하다니……. 왠지 여긴……."

"리이노~. 저번에 했던 이야기, 정말이야?"

뭔가 이상하다……. 평소의 유나답지 않아. 무슨 이유인지는 모르겠지만…….

"무슨 이야기를 말하는 거지?"

"나만 있으면 판타스마 따윈 어떻게 되든 상관없다는…… 그 말, 진심이야? 날 좋아한다는 말도?"

"뭐……?"

유나가 왜 저러지……. 무엇 때문에 새삼 저런 질문을 하는 걸까? 심지어 망토를 쓰고 본인의 모습을 숨기고서. 다른 사람들의 시선이 염려가 되어 그런가? 일단 얼굴을 보며 이야기를 해보는 게 낫겠다고 생각했다.

"가까이 오지 말고 대답부터 해줘—."

"널 가질 수만 있다면 뭐든 하고 싶다는 건 늘 진심이다. 단지, 너 때문에……. 네가 원하지 않기 때문에 참는 거야."

"왜…… 내가 원하지 않는다고 생각해?"

"……!!"

설마……!!! 갑자기 머리가 쭈뼛 서며 소름이 돋았고, 앞에 있는 사람은 유나가 아닐 거라는 생각이 들었다.

"서로 사랑하는데 원하지 않을 리가 없잖아……?"

순간, 재빨리 망토를 잡아 낚아챘다.

"꺄아아아아아아——!"

리베라 공주!! 아! 유나가…… 위험해!!!!!!

"이게 무슨 짓이야—?"

내가 덫에 걸려들었나? 망토를 낚아챈 손이 분노로 부들부들 떨렸다.

"사랑의 힘이 대단하긴 한가 봐? 흑마술에 걸려들었는데도, 전혀 눈치를 못 채던걸……. 내 정체도 내 목소리도 잠복해 있는 다른 사람들의 기척도……. 평소엔 바늘만큼도 빈틈이 없더니 말이야. 호호호호호호호."

"이제 주위를 좀 둘러보시지?"

리베라 공주는 혼자서 온 게 아니었다. 병사들과 고관 귀족들까지 끌여들여 매복을 하고 기다리고 있었던 것이다.

"드디어 리이노와 여왕이 애정 행각을 벌이고 있었다는 꼬리를 잡았다!! 여기 동참한 고관 대신들과 병사들도 모두 들었다고!!"

"너……. 날 정말 화나게 했어……."

리베라는 내 인내심을 바닥까지 뒤집었고, 불길처럼 일어난 분노가 머리끝까지 치솟아 올라왔다. 강렬한 검으로 내 몸을 온통 찢어발기는 듯한 불쾌한 고통과 함께 분노가 폭발하려 했다.

"훙—. 웃기지 마! 너랑 사랑에 빠진 여왕 따윈 우리가 실컷 괴롭히다가 죽여줄 거야! 네가 여왕을 데려올 권리가 있다면 우리에겐 쓸모없는 여왕 따위 처단할 권리가 있다고!"

"닥쳐—!!!"

손을 들어 리베라 공주를 후려갈겼다. 바닥에 내동댕이쳐진 그 모습을 보고서야, 서서히 분노가 가라앉으며 얼음과도 같은 차가운 냉정함이 돌아왔다.

'모두 죽여야 한다!'

유나를 지키기 위해서는 모두 죽여야 한다. 한 놈도 빠짐없이!!

"그만둬—. 감히 공주님께 손찌검을 해?"

"네……, 네 이놈……, 네가 또 우릴 배신했구나!!"

"뭐가 어쩌고 어째? 판타스마 따위 어떻게 되든 상관없다고? 너도 여왕도 끝인 줄 알아."

쓰러진 리베라 공주를 보자 마자 발작이라도 하듯이 고관 대신들이 칼을 뽑아들고 일제히 내게로 돌진했다.

"내 성질 건드리지 마. 네놈들은 모두 죽은 목숨이다. 한 놈이라도 여기서 도망가 봐! 내가 어둠의 숲 끝까지 쫓아가서 명줄을 끊어놓겠다!!"

검을 뽑자마자 숨을 골랐다.

을씨년스럽고 으스스한 낡은 궁터는 곧 둔탁한 쇳소리가 시끄럽게 울렸고, 피비린내가 진동하고 날카로운 비명과 섬뜩한 신음 소리가 어지럽게 난무하다 그 또한 바람 소리에 잡아먹히며 조용히 사라졌다.

평소 어둠족들을 처치하느라 단련된 몸이지만, 아무리 나라도 한꺼번에 오십 명쯤 되는 인간들을 동시에 상대하는 것은 쉽지 않은 일이었다. 정신을 차려보니 온통 상처를 입고 피투성이가 되어 있었다.

"이건 누가 꾸민 짓이야? 혼자 생각해낸 건가?"

리베라 공주는 피와 시체가 뒹구는 바닥에 주저앉아 덜덜 떨며 반쯤 혼이 나가 있었다. 분명 이런 광경은 처음 목격하는 걸 테니 엄청 충격이겠지. 넌 그것만으로도 벌을 받은 셈이다. 쓸데없이 사람들을 끌여들여 다 죽게 만들었으니…….

"보다시피 네가 끌고 온 놈들은 마지막 한 놈까지 모두 내가 확실하게 숨통을 끊어놨으니 이젠 누구 차례려나?"

본인의 차례라는 것을 짐작한 리베라 공주의 눈에는 극심한 공포가 서렸다.

"아까 했던 이야기들 다시 지껄여봐!! 만약 여왕에게 무슨 일이 생긴다면 히멀의 수면제고 뭐고 간에 상관없이 당장 내일이라도 몽땅 얼려 죽여버리든지, 온통 어둠족 천지로 만들어줄 테다!!"

한번 입을 열자 감정의 둑이 무너진 듯 제어가 되지 않았다.

"흑마술을 이용하다니……, 망할 계집애 같으니……! 오용하면 추한 모습으로 타락하고 말걸? 네 언니들처럼 말이야! 하지만 내가 관용을 베풀어 넌 죽이지 않겠어. 네 스스로 추악하게 늙어가며 자멸하는 모습을 확인하라고 말이야."

"아, 아냐……. 아니라고—!!"

리베라 공주의 비명 소리를 뒤로 하며 폐허가 된 궁터에서 나왔다.

젠장…….

이건가……! 이거였어, 헉서? 이런 것이었나?

네가 그렇게 장담하던 불사의 몸이란 게—.

그 어떤 것으로부터도 두려워할 필요 없다던

얼어붙은 내 심장이…….

그런 나에게 두려운 것이 생겼다!

마치 독에 중독되었을 때처럼 정신을 차릴 수가 없어…….

유나…….

그녀만 생각하면 너무나 두려워…….

그녀를 잃게 될까 봐…….

10장

아물지 않는 상처

둥켈 마을로 돌아와 사람들을 불러 성안을 새롭게 정비하고 청소를 시작했다. 아직 상처가 심하니, 다 나을 때까지 한동안 성에 머물며 유나의 방을 새롭게 꾸미기로 했다.

여자를 위해 싸운다는 것이 그렇게 강렬할 줄 몰랐다. 정말 아무 생각이 없었다. 어쩌면 이 가문의 내력인가? 전에 심심해서 봤던 족보에 따르면, 선대 영주들 중 자기 부인을 위해 목숨을 걸었던 경우가 많았다. 여왕들과 척을 지더라도 자기 여자는 스스로 보호해왔다. 그래서 둥켈 마을은 왕궁과 사이가 멀었고 폐쇄적이며 자립심이 강하다고 기록되어 있었다.

자기 여자는 무슨 일이 있어도 지킨다!

유나가 바라는 건 뭐든지 지켜주고 싶은데……. 그것이 봄의 판타스마라면……, 그녀의 봄에 내가 함께할 수 있을까?

유나는 나와 약속을 했다. 그녀는 나에게 시간을 달라고 했고 나는 기다린다고 했으니……, 기다려보자.

궁정으로부터 사신이 왔다. 전에 엘리샨에서 날 미행하던 놈이다. 또 에렌 이놈이 나에게 편지를 보냈나? 상대도 않고 돌려보내려는데, '폐하와 관련된 일'이라고 한다.

설마…… 또……?

장소는 알아서 정해주기 바람.
보름달이 뜨는 밤! 널 만나고 싶어 하는 사람이 있다.
혼자 간다—.

간단하고 짧은 내용이었다. 설마…… 유나가……?

"반드시 답장을 받아오라고 하셨습니다."

"……………………."

유나가 날 만나고 싶다는 건가? 에렌은 맘에 들지 않지만, 리베라 공주처럼 이런 걸로 날 속이거나 장난을 칠 것 같지는 않다. 이것이 설혹 덫이라도 해도 난 가지 않을 수 없다. 그녀를 만날 수 있는 가능성이 조금이라도 있다면 난 갈 것이다.

만약 유나가 부탁을 했다면……. 유나와 내가 아는 장소로 오라고 하면 되겠지.

◇◇◇◇

보름달이 떠오른 밤, 숲속이 모든 것이 부드러운 달빛에 물들었다. 나뭇잎 하나하나, 바람에 흔들리는 가지까지도 은빛으로 반사되어 반짝였다. 어둠의 숲과 경계에 있는 짙은 숲속은 고요한 공기가 잠시 숨을 고르는 듯했지만, 내가 느끼는 건 고요함이 아닌 떨림이었다. 어두운 나무들 사이로 바람이 불 때마다, 그날 밤 그녀의 모습이 생생하여 눈을 감았다.

과연 그녀는 올까? 아니면…… 저 달빛이 유나를 무사히 이곳으로 이끌어주길 간절히 바랐다. 가슴속 깊은 곳에서 두려움이 일어났다. 만약 유나가 이 밤에 나타나지 않으면 어떡하나? 세상 모든 것이 나를 시험하는 듯한 기분이었다.

그리고, 그때……. 심장이 무언가를 먼저 느낀 듯이 갑자기 빨리 뛰기 시작했다. 정신이 번쩍 들며 유나가 이 숲 가까이에 있는 게 느껴졌다. 빨리 찾아야 한다!! 숲속 어둠을 헤치고 유나가 나타날 그 길을 찾으려 애썼다. 그녀는 나를 믿고 이곳에 올 것이니 일 초라도 빨리 찾아야만 한다. 사방을 둘러보며 걷는 발걸음이 점점 더 초조해졌다. 나뭇가지들이 바람에 흔들리는 소리와 멀리서 들리는 짐승들의 울부짖는 소리가 나의 초조한 마음을 더욱 흔들었다. 그때,

아……. 그녀다——!!!

"유나……."

그녀를 발견하자 나의 심장은 숨이 멎을 듯 점점 더 빨라졌고, 가슴속에서 터질 듯한 감정이 폭풍처럼 몰려왔다. 그 동안 여러 날을 그리움 속에서 보내며, 꿈속에서만 만났던 그녀가 지금 이 자리에 있다니, 믿기지 않았다. 심장이 뛰는 소리가 귀에 울릴 정도로 크게 들렸다.

"바보같이— 이런 곳에서 만나자고 하다니……. 무서워서 죽는 줄 알았단 말이야……."

유나가 눈물이 그렁그렁한 눈으로 나를 바라봤다. 그런 그녀에게 서서히 다가가 조심스럽게 손을 잡았다. 손끝이 닿는 순간, 마치 시간이 멈춘 듯한 느낌이 들었다. 유나의 손은 차가운 공기 속에서도 따뜻했다.

……보고 싶었어…….

믿을 수 없을 만큼 그리웠다. 유나의 냄새……, 유나의 심장 소리다…….

가슴속에 억눌려 있던 수많은 감정들이 터져 나왔다. 사랑, 그리움, 기쁨, 그리고 두려움……. 모든 감정이 하나로 얽혀 가슴속에서 폭발했다.

따뜻한 입맞춤으로 그녀에게 전하고 싶은 모든 감정들을 대신했다. 그녀를 바라보며, 그토록 기다렸던 이 순간이, 그토록 원했던 이 손길이, 그녀의 온기가 다시 한 번 온전히 나를 채우는 순간이었다.

"아……. 이 심장 소리에 목숨을 걸어도 좋아……."

"리이노……."

이렇게 감미로운 목소리로 날 불러주는 그녀를 얼마나 그리워했던가…….

"리이노……. 작별 인사하러 왔어. 오늘이 마지막이야……."

유나는 사랑을 말할 때처럼 너무나 날곱하고 차분한 목소리로 그 거짓말 같은 잔인한 말을 속삭였다.

"뭐라고?"

"내가 원하는 대로 해준다고 했지? 이제 너를 찾는 일은 두 번 다시 없을 거야. 그러니까 리이노도 날 잊어."

"그게 무슨 소리야?"

방금 들은 말이 사실이 아니길 바라며 그녀의 눈을 바라보자, 그녀가 단호하고 냉정한 목소리로 다시 또박또박 같은 말을 했다. 심장이 차갑게 얼어붙고 온몸에서 피가 빠져나가는 느낌이었다. 믿을 수가 없다. 어떻게 이렇게 갑자기 끝내버린다는 건지 도무지 이해할 수가 없었다.

"유나……?"

"리이노, 난 너랑 단둘이 겨울 속 판타스마에서 살 수 없어……. 우리가 서로 좋아하면 이곳은 파멸하고 말아! 내가 리이노랑 같이 있으면 사람들이 다치잖아?"

나를 버리고 판타스마를 선택하겠다고 한다. 나와 함께라면 어떠한 것도 무섭지 않다고 했던 그녀가, 나와의 사랑이 그녀에게는 너무 큰 짐이라니……. 이제, 그 짐을 더 이상 짊어질 수 없다고 하다니……. 그 말이 이토록 잔인하게 돌아오다니…….

그녀의 봄에는 내가 존재할 수 없단 말인가?

"뭐라고? 누가 그런 소릴 해?"

"아직도 몰라? 난, 여기 사람들에게서 도망칠 수가 없어! 날 이렇게 만든 건 리이노잖아? 난…… 저 많은 사람들이 불행해지고 이곳의 모든 게 파괴되고…… 그런 걸 모른 척할 수 없단 말이야. 나 혼자 행복하게 살 자신이 없다고!"

그녀가 받은 충격은 충분히 이해할 수 있었지만, 그것이 왜 이런 결론에 도달하게 되었는지 도무지 납득할 수 없었다. 하지만 그 순간, 나는 알고 있었다. **어쩌면 나는 처음부터 이런 결말을 두려워하고 있었던 것인지도 모른다고…….**

"난 판타스마가 좋아……. 봄의 판타스마가 정말 좋아……. 사람들이 진정 살아 숨쉬는 이곳이 좋다고……."

"그게 정말 네가 원하는 거라고?"

방금 전까지 서로를 그리며 뜨겁게 입맞춤을 나누던 그 입술에서, 이제는 잔인한 이별의 말이 흘러나오다니…….

"날 낳은 혁서는 나에게 영원한 생명을 주었어. 그래서 나에겐 모든 이들이 가장 소중하게 생각하는 하나뿐인 '**생명**'이란 게 없어. 다른 놈들이 너에게 맹세한 것과 같이 널 위해 기꺼이 바칠 **절대적인 가치인 '목숨**'도 물론 없다. 나에겐 네게 전할 가장 소중한 것 같은 게 존재하지 않아……."

"그런 나에게 널 잃는다는 것이 어떤 의미인지 알아?"

절망과 갈망으로 가슴이 터질 듯했다. 미래의 약속, 희망, 모든 계획이 하나둘씩 사라지려 하고 있었다. 자칫하면 여기서 모든 것이 끝날 수 있다는 생각이, 그녀의 손을 놓아줘야 한다는 이 차가운 현실이 나를 뒤흔들었다. 나의 사랑이 부족한 걸까? 아니면 그녀의 운명이 그렇게 정해져 있었던 걸까?

"난 리이노가 나랑 같은 공간에 있다는 것만으로 만족할래……. 그게 너한테 얼마나 큰 힘인지 몰라……."

그 말을 듣자 오기가 솟구쳐 나도 모르게 유나의 팔을 붙잡고 말았다.

"봐―, 내가 다른 세계로 가서 리이노를 만날 수 없는 것보다 나은 거잖아?"

유나가 막무가내로 억지를 부리며 계속 말을 이었고, 뜨거운 눈물이 맺힌 눈속에서 이미 확고한 그녀의 결심을 읽을 수 있었다.

"판타스마 따위―, 사람들 따위 그냥 두지 않겠다!! 이대로 가면 두 번 다시 영원한 봄이고 여왕이고 끝인 줄 알라고 해!!"

유나를 끌어당기고 품에 안았다. 두 번 다시 놓치고 싶지 않은 마음에, 나의 마지막 힘을 다해 그녀를 더욱더 꼬옥 끌어안았다. 이 순간이, 이 사랑이, 영원히 계속되기를 간절히 바라면서.

"리이노……. 우리는 서로의 길을 가야 해……. 이거 놔……."

"판타스마를 위한다면, 사람들을 구하고 싶다면 넌 내 옆에 있어야 해. 이대로 널 잃는다면 판타스마 따위 그냥 두지 않을 테다!"

이건 아냐―――.

내가 원하는 건 너다…….

판타스마가 아냐…….

"놔―――!"

그녀는 이미 결심을 내린 사람처럼 믿을 수 없을 정도로 강하게 나의 손을 밀어냈다.

나의 손을 뿌리치고 멀어져 가는 유나를 보며 더 이상 잡을 수 없다는 사실에, 내 속에 남아 있던 그녀의 온기마저도 차갑게 식어가고 있었다. 그리움이, 아픔이, 이 사랑을 다시는 찾을 수 없을 것 같은 절망감이 나를 덮쳤다.

"유나――――――!"

"유나――――――――――!!"

아무리 불러도 그녀는 한 걸음씩, 천천히, 무거운 발걸음을 떼며 뒤돌아보지 않았다. 그녀의 뒷모습은 점점 멀어졌고, 그토록 사랑했던 사람은 그저 멀리 사라져갔다.

어느 날 혁서가 사라졌다!

그리고……

유나도 날 두고 떠났다…….

고통이 몸속에서 계속 흐르고 있다.

어둠 속에서 유나를 만나러 가는 길은 희망과 기대로 가득 차 있었고, 그녀의 따뜻한 미소를 다시 볼 수 있다는 생각에 마음이 두근거렸다. 하지만 그 만남이 지옥의 시작이 될 줄은 상상하지 못했다.

그녀는 언제부턴가 나를 숨쉬게 하는 존재였고, 내 심장이 뛰는 이유였다는 걸 이제야 알게 되었는데, 이제 네가 없는 세상에서 살라고? 네가 남기고 간 달콤한 속삭임들은 이제 칼날처럼 내 심장을 꿰뚫고, 너와 함께한 추억들은 악몽처럼 나를 괴롭히며 다시 영원히 흐르지 않는 시간 속에 갇혀버리겠지…….

한 번도 느껴본 적이 없는 이 아픔은 지금까지 경험했던 어떤 육체적인 고통보다 깊고 고통스럽다. 마치 내 가슴 속에서 무언가가 서서히 부서져 내리는 것 같다. 처음에는 그저 아픔이 찾아오는 것을 모른 채, 조금씩 숨이 막힌다고만 느꼈는데, 어느 순간 그 공허함이 점점 커지면서 마치 내 몸 안에 있던 모든 감정이 빠져나가 버린 듯한 느낌이다.

지금까지 죽어간 여왕들의 복수일까? 그들의 사랑을 외면한 대가가 이렇게 한꺼번에 유나를 통해 나에게 되돌아오고 있는 건가…….

마음이 갈기갈기 찢어진 상태로 숲속을 헤매며, 깊은 어둠에 자신을 맡긴 채 정신을 놓았다. 숲속의 나무들은 마치 나의 고통을 알고 있는 것처럼, 차가운 바람과 함께 울부짖으며 나를 비웃는 듯했다. 눈앞에 펼쳐지는 괴이한 그림자와 뒤엉킨 덩굴처럼, 나의 마음도 엉망이 되었다. 그녀의 얼굴이 떠오를 때마다 가슴이 조여오고, 사랑했던 기억이 괴물처럼 변해 나의 마음을 마구 물어뜯었다. 이제 이 숲은, 마치 나 자신을 괴롭히기 위한 운명처럼 느껴졌다. 길을 헤매며, 아무것도 할 수 없어 출구조차 찾지 못한다. 이 황량한 숲속에서만이라도 잠시, 그 아픔을 잊을 수 있기를 간절히 바랐다. 하지만 숲의 깊은 어둠 속에서는 점점 더 깊은 절망에 빠져들 뿐이었다.

정신을 차리고 보니 둥켈 마을 입구였다.

파프너를 타고 둥켈성에 도착하자 마자, 숨을 고르기도 전에 갑자기 수많은 병사들이 나타났다. 그들은 그림자처럼 빠르게 다가와, 삽시간에 나와 파프너를 포위했다. 갑작스런 공격에 상황을 파악하려 했지만, 빠르게 변하는 이런 상황 속에서도 나의 마음은 여전히 그녀와의 이별로 아파하고 있었다. 몸을 움켜쥐고 한 발짝도 움직이지 못한 채, 포위된 채로 서 있었다. 말의 발굽 소리가 멈추자, 병사들의 철갑이 번쩍이며 주위를 둘러싸고, 수십 개의 창끝이 목을 향해 날카롭게 다가왔다.

"둥켈 마을 영주 리이노 그로스 경!! 당신을 귀족과 병사 오십 명 살해 혐의로, 포박한다. 곧바로 궁으로 이송해 재판을 할 거요."

난 너의 기사니까……. 네가 지키고 싶은 걸 함께 지켜줄게!

그것이 봄의 판타스마라면……. '너의 판타스마'라면 함께 지켜주지…….

그녀를 절대로 위험에 빠뜨리지 않겠다. 그 어떤 순간에도 그녀를 지킬 준비가 되어 있었다.

유나는 그냥 여왕이 아니다. 나의 모든 것이자 내가 지켜야 할 단 하나의 '빛'이니까…….

그럼에도 불구하고 그녀가 행복해진다면 나는 모든 것을 내어주고 포기할 수 있다고 생각했다. 그녀를 위해 내가 할 수 있는 일은, **그녀의 선택을 존중하는 것**이기 때문이다.

유나를 위해 스스로 한 약속들을 기억하며……. 그 약속을 지키기 위해 끊임없이 노력했다. 그녀의 행복을 가장 우선시하겠다고 다짐했던 순간들이 떠오른다. 그녀가 행복해지기를 바라며, 자신이 그녀의 곁에 머물 수 없다는 것을 받아들이기로 했던 그때, 나는 마음 깊이 그 선택이 올바르다고 믿었다. 나는 스스로 어느 정도 준비가 되어 있다고 생각했다. 그녀의 행복을 위해 모든 것을 내어줄 수 있다는 마음도 있었고, 그것이 진정한 사랑이라고 믿었다.

하지만 그녀가 떠난 후, 지금 내가 겪고 있는 이 혼란은 예상한 것과는 전혀 다른 것이다. 그녀가 이별을 말하고 떠난 이후, 나의 마음은 마치 얼어붙은 것처럼 움직이지 않는다. 떠나기 전에 나누었던 그 모든 말들은 이제는 공허하게 느껴지고, 그녀의 선택을 존중한다고 다짐했던 자신의 의지 또한, 뒤틀리며 나를 괴롭힌다. 그녀가 행복을 찾을 수 있기를 바란다는 마음은 사라지지 않았지만, 동시에 나 스스로를 이해할 수 없다. 왜 이렇게 자신이 고통스러운지, 왜 이렇게 깊은 상처를 입은 것인지 이해할 수가 없다.

나는 그저 이 봄의 판타스마에서, 그녀의 왕국에서, 자신이 존재할 자리가 없음을 깨달았다. 한때 우리가 함께하고자 했던 세상은, 이제 나에게는 너무나도 까마득하게 먼 곳처럼 생각되고, 나의 존재 자체가 이 세계에서 아무 의미 없다는 생각이 든다. 내가 할 수 있는 일이 무엇인지, 무엇을 위해 살아가야 할지, 아무런 답을 찾을 수가 없다.

나는 이곳, 이 봄의 판타스마에 머물 수 있을까……?

스스로에게 의문을 던져본다. 내가 한때 이루고자 했던 꿈은 그녀와 함께라면 가능하다고 믿었던 것들이지만, 이제 그 꿈은 한낱 먼지처럼 사라져버렸다. 그녀가 없는 세상에서 자신이 어떻게 존재할 수 있을지, 무엇을 해야 할지에 대한 해답이 전혀 보이지 않는다. 나는 얼어붙어 마비가 된 마음으로 그저 하루하루를 보내고 있을 뿐이다.

이 혼란 속에서 빠져나올 방법을 찾지 못한 채, 자신이 정말로 무엇을 원하는지, 무엇을 위해 살아야 하는지에 대한 의문 속에서 길을 잃었다. 내가 감당해야 할 것은 그녀의 선택이 아니라, 그 선택을 받아들이고, 그럼에도 불구하고 자신이 여전히 이 세계에서 살아가야 한다는 현실이다. 하지만 그 현실은 지금 나에게는 너무나도 가혹하게 느껴진다.

포승줄에 묶인 채 여왕의 기사로서 굴욕을 견디는 것은 마음의 고통에 비하면 아무것도 아니다. 단지 이런 내 모습이 그녀를 힘들게 할 것이다.

켄트 재상이 한참 열변을 토하자 궁전의 모든 사람들과 귀족들이 모두 대회의실에 모여 들었다.

나를 성밖에 매달아놓고 매일 화살을 쏘는 살수형에 처하자는 판결이 나왔고, 유나는 그 의견을 듣고 크게 동요했다.

그 동요는 그녀의 마음에 미세한 틈을 만들었고 그 순간, 우리의 시선이 깊고도 치명적으로 서로 얽히기 시작했다. 주변의 소음은 모두 사라지고, 서로에게 전해지는 감각의 흐름 속에서 우리만의 언어가 펼쳐졌다. 단 한 마디도 필요 없이, 우리의 영혼은 그 순간, 순수하고 본능적인 교감을 시작했다.

이 순간, 우리는 단지 시선만으로 서로를 이해하며, 그 누구도 침범할 수 없는 깊은 연결을 맺고 있었다. 침묵의 언어가 우리들의 몸과 마음을 연결시켰다.

그녀의 눈동자 속에서 불안과 갈망, 사랑과 두려움이 겹쳐졌고, 나의 눈 속에서 그녀가 느끼는 따뜻함과 애정이 고요히 전달되었다. 서로의 시선은 마치 영혼을 끌어당기는 힘처럼 강렬하게 교차하며, 우리들 사이의 공간은 점차 사라졌다. 물리적인 거리에도 불구하고…….

하나의 존재처럼 얽히며, 서로의 영혼을 통해 대화하고 있었다. 이 대화는 언어의 한계를 넘어서는 것이었다. 그것은 서로의 고통을 느끼고, 기쁨을 나누며, 가장 깊은 진심을 마주하는 순간이었다. 침묵 속에서, 우리는 세상의 모든 말보다 더 많은 이야기를 나누었다. 그 대화는 아무런 소리도 없이, 그러나 그 어느 말보다 깊고 진지하게, 우리들의 마음 깊숙한 곳에서 울려 퍼지고 있었다.

에렌이 나서며 화제를 돌려 살수 대신 나를 어둠의 숲 토벌대 대장에 임명하게 했다.

켄트 재상의 반대에도 불구하고 히멀까지 나서서 에렌의 의견에 힘을 실어줌으로 해서, 나는 여왕의 명령에 의해 살수 대신 어둠의 숲 토벌대의 대장으로 임명되었다.

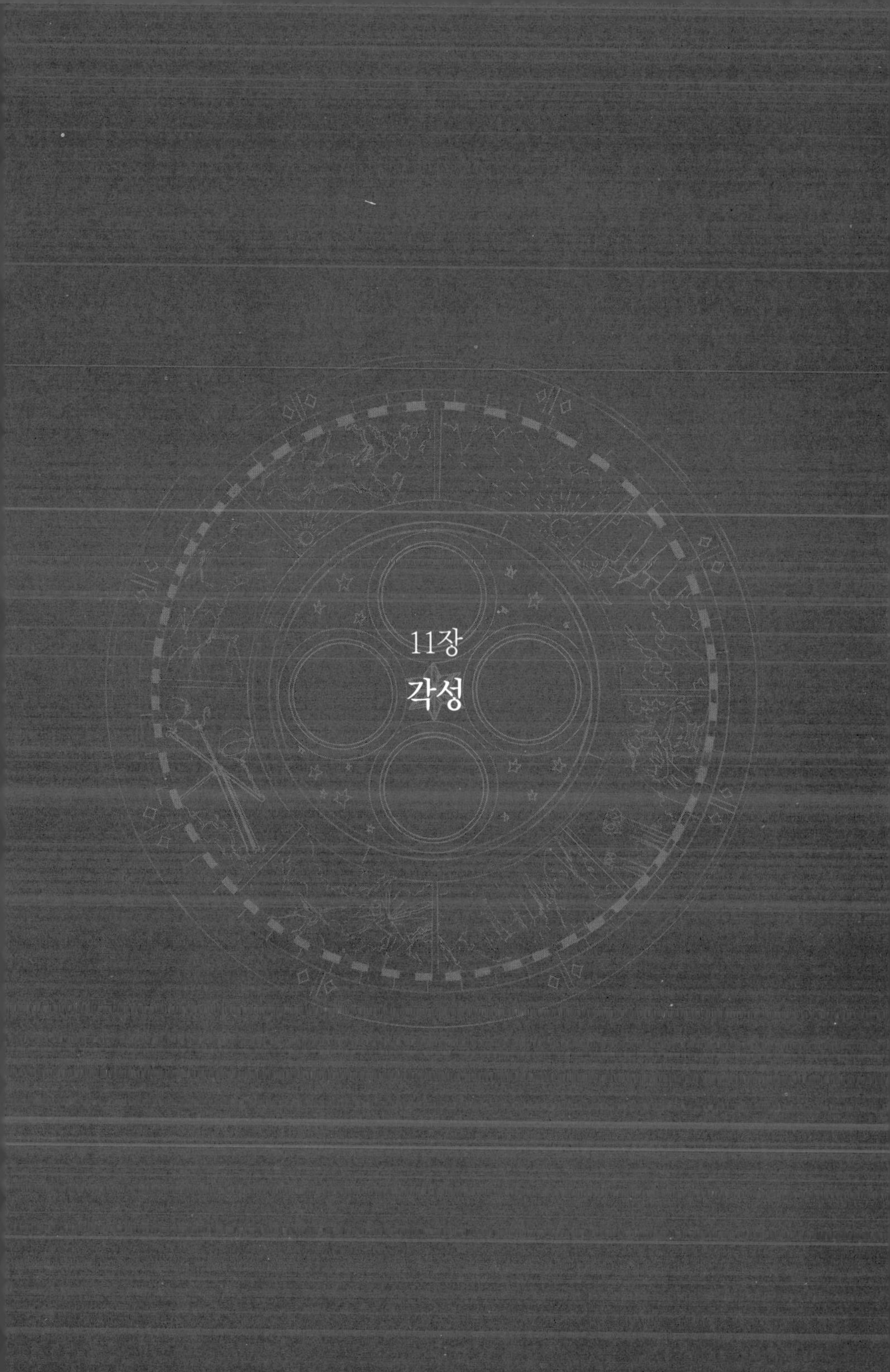

11장
각성

어쩌면 봄의 판타스마에서 내게 가장 어울리는 장소는 여기 이 **어둠의 숲**인지도 모른다. 그녀의 봄을 지키기 위해 내가 해야 할 일, 내가 머물러야 할 장소가 이 어둠의 숲이라면 기꺼이 그녀의 명령에 따를 것이다.

의식이 있는 동안은 고통을 감추기 위해 미친 듯이 싸웠다. 상처와 피를 마주하며, 실연의 고통을 잊으려 애썼다. 며칠째 계속된 싸움에 극심한 피로가 쌓여 금방이라도 정신을 잃을 것 같았지만, 마음속의 상처는 오히려 더욱더 또렷해졌다. 내가 할 수 있는 일이라고는 그저 긴장되고 살벌한 사냥터의 혼란 속에서, 자신이 느끼는 고통을 잠시나마 잊으려 발버둥치는 것뿐이었다.

하지만!!

"왕궁에서는 지금쯤 여왕과 에렌 공의 결혼식으로 잔치가 한창일 텐데~. 아……, 우린 여기서 무슨 고생이람……."

"쉿! 이보시오. 그 얘긴 여기서 함부로 하지 말라고 명령이 내려져 있는데……."

사냥을 마치고 상처와 피투성이가 된 채 우연히 지나가다 들은 그 한마디는 결국 내 인내심을 완전히 짓밟아버렸다.

"누가 결혼을 해?"

"리……, 리이노……. 어느새 돌아와 있었군요……."

이자들은 나만 모르는 유나에 대한 이야기를 수군거리고 있었다.

"뭐……, 언젠가 자네도 알게 될 테니까. 뭐 알아도 상관없지 않나? 여왕과 에렌이 결혼했소. 그리고 오늘 밤이 첫날밤이고……."

순간, 뇌리가 터질 듯한 충격이 강하게 강타했다. 숨이 막히며 가슴을 무언가 거대한 물체로 짓누르는 듯, 그 충격이 가슴을 부수고, 온몸의 에너지를 다 앗아가는 듯했다. 심장이 파열되고 터지는 듯한 감각이 온몸을 휘감으며, 분노와 혼란으로 변해 전신을 잠식했다.

그와 동시에 땅이 울리고. 갑작스레 몰아친 돌풍이 사방에 요동을 쳤다. 어둠의 숲속에서 괴수와 요괴들도 울부짖으며 날뛰었고 그 무시무시한 괴성이 공기를 찢으며 진동하기 시작했다. **어둠의 숲도 미쳐가고 있었다.**

어둠족들이 아까부터 무리지어 계속 따라오고 있다. 베어도 베어도 끝없이 몰려오는 저놈들의 저 저주받은 피 냄새도 이젠 구역질이 난다.

정신이 흐릿하고, 현실과 꿈이 뒤얽힌 듯한 멍한 느낌과 함께, 발이 저절로 이끌리듯 어둠의 숲을 헤매고, 나뭇가지가 얼굴을 스치고, 매서운 바람이 피부를 찢을 듯이 지나간다. 한 걸음, 한 걸음 내딛을 때마다 가슴이 무겁고, 그 고통이 숨을 쉬기 힘들 정도로 점점 더 심해져서, 자신이 어디로 가는지도, 왜 가고 있는지도 모르겠다. 다만, 머리 속에서 계속해서 울리는 유나의 결혼 소식만이 내 정신을 잡아 끌고 있었다.

'첫날밤이라니……, 유나가…….'

그때 널 돌려보냈다면…… 이런 기분은 맛보지 않았겠지……. 고작 널 다른 남자의 품에 보내려고 나는……. 그렇게 참으며…… 결국 너에게 이런 운명의 굴레를 짊어지게 했단 말인가?

"아……. 헉서……. 이런 게 네가 원하던 거냐? 이런 걸 나보고 받아들이라고…… 이런 기분을 느끼라고……? 이런 고통속에 평생 존재하라고 영원한 생명을 준 거야?"

'그녀를……, 그녀를……!'

목이 타들어가는 듯해 말을 끝까지 뱉을 수도 없고, 숨을 들이쉬려 해도, 공기조차 목을 통과하기 힘들어 자꾸만 멈춰섰다.

그때, 갑자기 뼛속 깊은 곳으로부터 한 줄기 고통이 펴져 나왔다. 그와 동시에 서서히 모든 제어가 풀려버린 듯, 몸이 저절로 폭주하기 시작했다. 마음속 깊은 곳에서 무엇인가가 터져 나가며 마치 전혀 다른 존재가 나를 지배하는 것만 같다.

— 사랑, 상실, 고통, 절망 —

모든 감정이 하나로 얽히고 폭발하며, 내가 무슨 일을 하고 있는지도 모른 채, 어둠의 숲 한복판에서 손에 든 검을 미친듯이 마구 휘둘렀다. 피는 타오르듯 뜨겁고, 심장은 여전히 고통스럽게 날뛰고 있는데 스스로 제어할 수 없었다. 의식이 점점 사라지고 있다. 끝없는 분노와 함께…….

심장이 부서지고, 영혼을 지배하던 마지막 연결 고리가 끊어지는 느낌과 함께, 몸속에 잠재되어 있던 거대한 힘이 터져 나오며 주변의 모든 것을 삽시간에 휩쓸고 갔다.

몸은 이미 모든 감각을 상실하고, 가는 실처럼 가벼워져서는 공허하게 계속해서 무너져 내릴 것 같았다. 하지만 한 가지, 느낄 수 있었던 것은…… 그 고통, 그 절망, 그 충격만이 선명하게 내가 살아 있음을 깨닫게 했다.

"아……. 이 매캐하고 지독한 악취는…… 죽은 여왕들이다……."

"오……. 리이노다……. 오……. 얼마나 기다렸던가……. 이제 당신은 우리의 것이야……. 호호호……. 당신이 우릴 이런 슬픈 몰골로 만들어 버리고 떠났지……. 우린 얼마나 오랫동안 당신을 기다리며 원했는지 몰라……."

아……. 죽은 여왕들의 원념들이 마중을 왔군……. 이제 서서히 나를 나락으로 끌고 가려나 보다…….

'……유나……. 날 지켜줘…….'

심장은 얼어붙은 것처럼 차갑고 무거워 마치 얼음으로 가득 찬 동굴 속을 헤매는 듯한 기분이 든다. 가슴속 깊은 곳에서 미세한 균열이 생긴 것 같다.

심장이 부서지는 순간, 나의 몸과 영혼이 분리된 듯, 이제 더 이상 그 힘을 제어할 여력이 없었다. 의식은 점점 더 어둠의 흐름에 휘말려, 감춰 둔 봉인이 풀리며, 오랜 세월 억눌려 있던 **마법의 저주**가 나의 몸속에 스며들었다. 모든 것이 하나로 얽히며, 내가 느꼈던 고통과 기쁨, 그리고 분노가 전혀 다른 형태로 변화해버린 듯하다.

나의 심장은 더 이상 내가 알고 있던 심장이 아니다. 깨지고 부서진 얼음 속에서 새로운 힘이 깨어나며, 그 힘이 어둠의 지배를 받는 존재로 나를 변화시키려 했다. **아무리 저항해도 나는 이제 더 이상 과거의 자신이**

될 수 없고, 어둠의 세계에 완전히 발을 들여놓은 존재가 되어버렸다.

점점 더 어둠의 힘에 휘말려 의식이 암흑 속으로 끌려들어갔고, 나는 그 누구의 통제도 받지 않는 존재로 변해갔다.

"깨어나십시오……."

"깨어나십시오, 우리의 주인이여……."

"부디…… 깨어나십시오……."

"……주인이시여. 어둠의 주인이시여……."

"시끄러워……."

어둠의 힘이 내 정신을 찢으려 할 때, 온몸을 파고드는 고통이 나를 파괴했다. 내 머릿속이 혼돈에 휘말려, 이성의 끈을 놓으려는 순간, 나는 내 안에서 잠자고 있던 또 다른 의식을 깨웠다.

"……유나……."

정신의 끝자락에서, 내 안의 어두운 힘과 마주하며, 나는 그 지옥 같은 고통을 받아들이기로 결심했다. 어둠의 힘이 나를 삼키려 할 때, 그 힘을 더 강하게 움켜잡고 도리어 그것을 흡수했다. 비틀리고 찢어지는 듯한 감각에 몸서리쳤지만, 그 고통을 모두 흡수해버렸다. 그 끔찍한 고통이 내 속을 타고 흐를 때, 나는 그것을 내 의지로 변형시켜버렸다.

"넌 나를 지배할 수 없다!!"

내 몸과 정신을 지배하려던 그 끔찍한 힘은 점점 내게 길들여졌고, 그것을 내 의지로 바꾸어 고통을 전혀 두려워하지 않게 되었다. 오히려 나는 그 고통을 넘어서서, 그것을 내 안에서 길들였다. 그리고 이윽고 나의 일부로 만들었다.

"이제 내가 지배한다."

이제 나는 그저 어둠의 힘에 지배를 받는 존재가 아니라, 내가 그 힘을 지배하며, 그것을 내 힘으로 삼을 수 있게 되었다. 어둠의 기운이 내 몸속을 감돌 때마다, 나는 그것을 더욱 강력하게 흡수했다. 더 이상 그 힘에 놀라 떨기나 두려워하지 않았다. 오히려 그것이 내 의지를 완전히 복종시키게 만들었다.

나는 이제 어둠과 하나가 되어, 그것을 나의 의지대로 다룰 수 있는 존재로 각성했다.

"어둠의 주인 따위가……? 너는 나를 지배할 수 없어!!"

성장을 했는데…… 왜 마음을 닫아두는 거지?

이해할 수 없는 일이다……. 어째서 날 거부하는 거냐?

왜? 넌 어둠에 완전히 집어삼켜졌는데 아직도 굴복하지 않는 거냐?

왜? 받아들이지 않는 거지?

왜…… 저항하는 거냐?

이놈이 나의 정신과 육체를 완전히 지배할 수 없다고 해서 완전히 물러선 게 아니었다. 내 속에서 마치 고요한 전쟁을 벌이고 있는 듯, **서로를 감시하며 공존하는 상태**가 되어버렸다. 나는 언제든 이 '**어둠의 주인**'이란 놈에게 잡아먹힐 수도 있다. **내가 일순간 조금이라도 정신을 놓으면 언제든지 이 어둠의 주인은 날 집어삼킬 것이다.**

'아……! 유나가 위험하다……!!!!'

정신이 들자마자, 유나에게 생명의 위험이 닥쳤다는 강렬한 느낌이 나를 사로잡았다. 모든 의식을 유나에게 집중했지만 **어둠의 주인**이 다시 내 정신을 잠식하려 한다. 유나가 처한 위험을 생각하면, 어떠한 힘겨운 저항도 이겨내고 가야한다!

그런 간절함 때문인지 유나의 위기는 다시 지나간 듯하다. 다행히 아무 일이 없어야 할 텐데…….

급히 발걸음을 옮기며 유나를 찾아가려다가, 피할 수 없는 현실과 마주했다. 나의 모습이었다. 피투성이가 되어 변형된 몸, 어둠의 힘이 나를 삼켜가며 변형된 나의 외모는 이전의 모습과는 전혀 다른 끔찍한 형상을 드러내고 있었다. 발끝은 뾰족하게 일그러졌고, 얼굴과 피부는 변형되었으며, 갑옷은 이미 갈기갈기 찢어져 있었다.

이런 모습으로는 그녀에게 다가갈 수 없다. 어둠족의 피를 뒤집어쓰고, 변형된 손과 손톱엔 끔찍한 고깃덩어리들이 들러붙어 있다.

호수에 몸을 담그고 더러운 것들을 씻어내면서 달빛에 비친 자신의 모습을 봤다.

눈동자는 불타오르는 붉은 빛으로 물들어 있었다. 이제 예전의 나의 모습은 더 이상 없었다. 내가 흑화하며 각성한 뒤로, 나의 존재 자체가 변해버렸지만, 몸속에 흐르는 어둠의 피는 이제 어둠의 주인과 하나가 되었다. 그 힘을 다루는 방법을 아직 터득하지는 못했지만 단순한 인간으로서의 한계를 넘어섰다는 사실만은 확실하다.

어둠의 주인을 받아들였지만, 나는 아직 내 의지를 지킬 수 있다. 결코 그놈(어둠의 주인)에게 굴복하지 않을 것이다. 변해버린 몸이 나를 끊임없이 괴롭히고 있었지만.

'내가 이런 모습이 되었어도…… 나는 그녀를 지킬 것이다.'

유나가 어째서 엘리샨이 아니라 둥켈 마을 가까이에 있는 거지?

안개가 지면을 부드럽게 감싸고, 하늘은 아직 어둠과 빛 사이에서 방황하고 있다. 새벽녘의 찬 기운 속에서 요괴의 피와 인간의 땀, 절망의 냄새를 뒤섞으며 퍼져 나가고 있는 곳에, 처연하게 사투를 벌이고 있는 자가 있었다.

유나의 수호기사다!!

유나를 생각해서, 보자마자 재빠르게 요괴를 퇴치해서 구하긴 했지만, 이미 늦었다. 어둠의 피를 흠뻑 뒤집어쓰고 있어서 얼마 못 갈 것 같다.

"이런 곳에서 별 도움이 안 되는 너 같은 놈이 여기서 뭘 하고 있었어?"

빛의 종족의 피가 섞인 금발의 그 녀석이다.

"새벽은 참 잔인하지……."

밤새 피로 물들었던 숲은, 이제 차디찬 햇살 아래 적나라하게 그 모습을 드러냈다.

"리이노—!!"

그때 유나가 다급하게 절규하듯 부르는 소리가 들렸다.

'유나다!!'

순간, 그녀의 목소리에 흔들리는 나를 절대 용납하지 않을 자가 내면에서 고개를 치들었다.

"역시…… 너였구나!!! 날 여기로 불러준 게……."

그 음성이, 마치 내 내면에서 튀어나온 것처럼 들려왔다. 어둠의 주인이다……. 내 안에서 타오르는 어둠의 힘과 정신이 다시금 충돌하기 시작했고, 정신이 비명을 질렀다. 자아는 점점 무너지고, 기억은 흐려지며, 감정은 뒤틀리기 시작했다.

"안 돼……!!"

"그럼, 네가 끝내 어디까지 버틸 수 있는지…… 지켜보도록 하지……. 쿠쿠쿠……."

그놈은 내 정신 깊은 곳에서 날카로운 웃음을 터뜨렸다.

"리이노의 목소리가 들렸단 말이야……. 바보~!!! 맞으면 대답해봐!!"

유나의 목소리다!!! 내면의 어둠이 매우 거칠고 사납게 날뛰기 시작했지만, 나는 이를 악물고 버텼다. 숨이 끊길 것처럼 힘들어도, 그녀의 목소리는 강력한 나의 버팀목이었다. 그 목소리가 여전히 들리고 있어서 나는 또 한 번의 고비를 무사히 넘길 수 있었다.

"쉴러——."

수호기사의 주검을 그녀 앞에 내려놓았다. 유나는 충격과 고통으로 말을 잃고 그저 주검을 내려다보며 온몸을 덜덜 떨고 있었다. 그녀가 느끼고 있는 죄책감과 상실감의 무게와 고통이 옆에서 지켜보고 있는 나에게도 전해졌다.

"대체 이런 곳에서 뭘 하고 있는 거야? 여왕이 궁을 지키지 않고……."

"네가 그렇게까지 해서 지키고 싶은 게 이런 거였나?"

왜 유나가 수호기사와 함께 여기까지 오게 되었는지는 모르겠지만, 그녀의 상황 또한 썩 좋아 보이지는 않는다. 어둠의 숲을 체험할 때처럼 여유로운 상황은 아닌 게 분명하다. 긴장감이 가득하고 그 어떤 여유도 없어 보였다.

"네가 어떤 것을 포기하고 선택한 여왕 자리란 걸 잊지 않았겠지? 그래야 나도……."

'지금 이 순간에 무너지지 않을 수 있으니까…….'

어떤 상황이든, 그녀가 치렀던 그 희생들이 헛되이 사라지는 건 용납할 수 없다. 그녀가 내 앞에 있는 건 기적인 동시에 형벌과도 같다. 그리움은 심장을 찢을 듯이 밀려왔고, 외면하고 싶은 진실도 함께 따라왔다.

"자—, 빨리 돌아가—! 여기서 얼쩡거리지 말고. 어둠의 숲은 내가 알아서 할 테니……."

순간 멀리서 바람과 함께 무언가가 이쪽을 향해 몰려오고 있었다…….

'제길 또 귀찮은 일이……. 내가 숲을 벗어난 순간부터 따라온 건가?'

그것들은 피 냄새를 맡은 맹수 떼처럼 우글거리며 이쪽을 향해 몰려오고 있었다. 내 안의 어둠이, 숲을 흔들고, 그놈들을 불러들이고 있는 것 같다. ……크윽…….

갑자기, 불길처럼 무언가가 혈관을 타고 번져간다. 그와 동시에 그 뜨거운 기운이 순식간에 온몸을 휘감으며, 내 안을 잠식해갔다. 멈출 수도 도망칠 수도 없이 심장은 터질 듯이 고동치고, 온몸이 불에 타는 것 같다. 이건 고통이 아니다. 마치 깨어나는 느낌이다. 내 안의 '그것'이, 마침내 눈을 뜨려 한다.

"리이노……?"

순간 당황할 수밖에 없었다.

"빨리 돌아가지 않고 뭘 하는 거야? 두 번 다시 이런 곳에 오지도 마! 에렌 그놈은 대체 뭘 한다고 널 이런 곳에 혼자 내버려둔 거야?"

이를 악물어도 소용없다! 숨조차 쉬지 못할 정도로 가슴을 조여왔다.

'안 돼!! 그녀 앞에서는…….'

동시에 몸속, 영혼 깊은 곳에서 울리는 목소리와 함께 모든 감각이 둔해지고 말았다.

'크크크……. 그래……, 너였구나! 요 계집애……. 날 방해하고 있던 존재가……. 너 따위가 감히 걸림돌이 되리라곤…….

……마침, 좋은 생각이 있다……. 널 가지게 하고…… 판타스마를 어

둠의 지배하에 두는 것도 재미있겠군……'

점차 의식이 뚜렷해지기 시작하며. 주변에서 시끄러운 소리가 들리기 시작했다.

갑자기 오른쪽 가슴의 통증이 몸을 타고 번졌고, 다시 정신이 번쩍 들었다. 그 가슴의 통증보다 더 끔찍한 것은 **내 품 안에 유나가 안겨 있는 것이었다!!**

"이게…… 무슨……!!"

또 어느 순간 내 속에 잠들어 있던 **어둠의 주인**이 깨어나, 유나를 납치한 듯하다.

제길, 내 안의 **그놈**이 또 깨어났어!!

머릿속이 새하얘진다. 불과…… 얼마 전까지의 기억이 없다. 기억의 공백 뒤에 남겨진, 지금의 끔찍한 현실에 가슴이 조여오고, 손끝이 떨렸다.

유나는 창백한 얼굴로 미세하게 떨고 있긴 하지만, 다행히 아…… 상처가 생기거나 다치진 않았다.

아래를 내려다보니 에렌과 수호기사 한 명이 흥분해서 창을 던지고 소리를 지르며 달려오고 있었다. 아마 그들이 던진 칸에 맞아 정신을 차린 듯하다. 또 다시 나에게 활을 쏘고 공격을 하려 하자, 갑자기 유나가 소리를 지르기 시작했다.

"그러지 마—, 제발……. 쏘지 말라고!!! 리이노는……, 리이노는 어떤 모습을 하고 있어도…… 리이노니까……."

그 말에 순간 정신이 번쩍 들었다.

"내가 무섭지 않나?"

"전혀."

심장에 맞은 칼 때문인지 몸이 무겁게 느껴지기 시작했다. 자칫하다가는 유나를 떨어뜨릴 것 같다. 가까운 나뭇가지를 찾아 앉았다.

"많이 다쳤어? ……아프지? 칼이……. 우……, 움직이지 마……. 리이노!!"

유나는 이 와중에도 내 가슴에 난 상처만 바라보고 있었다. 그녀의 얼굴은 온통 눈물 범벅에 걱정과 아픔으로 혼재되어 있었다. 떨리는 손으로 피를 막으려는 그녀의 손끝이 내 피부에 닿자, 더 뜨겁게 심장이 욱신거렸다.

"신경 쓰지 마……. 이 따윈……. 이걸 멀리 던지지 않으면 귀찮은 일이 생기니까……."

가슴에 꽂혀 있는 검을 뽑아 최대한 멀리 던져버렸다. 멀리 던지자마자 어둠족들이 언제 나타났는지 떼로 몰려 검을 쫓아가고 있었다.

이 피는 어둠족들이 환장을 하는 것 같다. 그놈들은 이 피가 있으면 더 강력한 괴수로 진화할 수 있나 보다.

어느새 유나가 벌어진 가슴에 두 손으로 지혈을 하고 있었다. 유나는 여왕의 능력 때문인지 다행히 내 피에 영향을 크게 받지 않는 것 같다.

“미안해……. 나 때문이지? 나 때문에…… 리이노가……. 내가 어둠의 숲으로 보내버려서……. 그런 명령을 내려서, 그래서 리이노가 이렇게 된 거지?”

그녀는 내가 이렇게 변해버린 것이 자신의 명령으로 날 어둠의 숲으로 보내버렸기 때문이라고 생각하며 죄책감을 느끼고 있었다.

“괜찮아……. 별거 아냐! 내 피의 반은 어둠족의 피가 흐르니까……. 갑자기 이렇게 되긴 했어도……, 걱정 마……. 너의 판타스마는 지켜줄게……. 결코, **어둠의 피**에 지배당하거나 하진 않을 거야!”

“난 그런 것도 모르고……. 리이노가 이렇게 된 것도 모르고……, 집으로 돌아갈 생각만 하고…….”

“집……?”

아……. 그녀는 아직도 그녀가 살았던 원래 세계에 대한 미련을 버리지 못하고 있는 건가?

“하지만…… 그건 무리일 거야……. 넌…… **이제 여기 사람이 되어버린 것이나 마찬가지니까**……, 이젠…….”

“아냐~~~~ 아니야~~~~! 에렌과 난 아직 아무 일도……, 아무것도 없었어! 결혼 같은 건 단지 형식적인 것으로 나는 아무에게도 마음을 주지 않았다고! 그 어떤 일도 없었어……, 리이노 외엔…….”

심장이 쿵, 하고 요동쳤다. 잊고 있던 빛이 가슴을 뚫고 들어와 나를 다시 이전의 인간으로 되돌리는 듯했다.

유나의 눈엔 절절함과 함께 거짓 없는 진실이 담겨 있었다. 무엇보다 그녀가 자신을 지켜냈다는 사실에, 대견함과 동시에 사랑스러움과 애틋함이 올라왔다. 그리고 안도하는 마음도 잠시, 스산한 기운과 함께 허공엔 들리지 않는 울림이 진동처럼 퍼져 나갔다. 역시…… 피 냄새 때문인가? 어둠족의 기척이 느껴졌다. 그것도 아주 거대한 무리를 지어 떼로 몰려오고 있었다.

"눈 감아!!"

나의 소중한 빛, 나의 전부인 그녀를 조심스레 품에 안아 가능한 가장 안전한 곳까지 데려다놓았다. 그녀의 손끝에 묻은 피를 조용히 닦아낸 뒤, 마지막 남은 흔적마저도 입술로 정성스레 씻어주었다.

"녀석들이 내 피 냄새를 맡아버려서 같이 있으면 너까지 위험해질 거야. 나중에 다시 마중 나올게. 무슨 사정이 있는지 모르겠지만 난 네 편이니까. 늘……."

"리이노, 겨우살이 단검을 조심해!! 내가 잃어버렸는데 아마 리베라가 가지고 있을지도 몰라."

유나도 이제 겨우살이 단검에 대해 알게 되었다는 것은……. 어쩌면…… 나에 대해서도…….

"리베라가 성장을 해버려서……, 그래서……."

"걱정 마! 그래도 여왕님은 너니까. 누구에게도 넘겨주지 않을 거야! 끝까지 지켜줄게……."

내가 어둠의 숲에 있는 동안 리베라가 성장을 하고 유나는 엘리샤으로부터 쫓겨난 것인가? 그래서 수호기사들과 여기까지 오게 된 걸까? 수호기사들은 유나와 함께하기로 한 건가?

나도…… 다시는, 어둠의 주인 따위에게 지배당하지 않을 거야!! 만약 또 그런 일이 생긴다면, 이번엔 정말로 유나를 내 손으로 해칠지도 몰라. 그건 절대로 용납할 수 없어.

"헉서!! 나에게 힘을 줘……. 더 이상 어둠의 지배를 받지 않게. ……아직은, ……아직은 지키고 싶은 것이 있으니까……."

12장

너는 나의 영원한 여왕
: 시간의 끝에서

시간이 얼마나 흘렀을까.

벌써 며칠째 억눌려 있던 어둠의 힘이 마침내 폭발하듯 터져 나왔다. 가슴 깊은 곳에서부터 그 크기를 감히 가늠할 수조차 없을 정도로 무한하고 뜨거운 에너지가 흘러나왔다. 끝도 없고, 경계도 없었다. 시야가 무너지고 눈앞은 사악한 기운과 짙은 어둠으로 뒤덮였고, 시간마저 멈춘 듯한 정적이 계속되었다. 그 정적 속에서 내 몸은 조용히, 조용히 무너지고 있었다. 세포 하나하나가 낯선 힘에 물들어간다.

이건 내 힘이 아니다.

이건 내 의지가 아니다.

그 거대한 어둠의 힘은 나를 잠식하고 내 저항조차 허락하지 않은 채, 나를 지배하려 한다.

아직도냐? 아직도 날 받아들이지 않을 셈이냐?

난 널 낳은 여자와 계약을 했다…….

사악한 기운이 밀려들었다. 단순한 위협이 아니다. 그것은 마치 숨결처럼, 피처럼, 뼛속 깊은 곳까지 파고드는 어둠 그 자체였다. 검은 안개가 폐를 적셨다. 온몸의 세포 하나하나가 낯선 의지에 굴복하며, 자신이 '자신'이 아닌 다른 무언가로 바뀌어가는 감각이 느껴졌다. 동시에, 순식간에 그 에너지가 내 몸을 지배했다.

등에는 흉측하고 거대한 날개가 살갗을 찢으며 솟아올랐다. 보기조차 괴로울 만큼 기괴한 형상이 마치 악몽이 실체를 가진 것처럼 흉측하고도 괴이하다. 이제 그것은 나의 일부가 되어버렸다.

무릎 꿇어라.

네가 계속 그렇게 저항하겠다면…… 너의 가장 소중한 것을 대신 가져갈 수밖에…….

"웃기는군. 나에게 소중한 것 따위 없다. 그렇게도 이 몸뚱이를 원한다면 맘대로 가져가면 될 거 아냐?"

발끝부터 차오르는 싸늘한 감각과 손끝은 나의 의지와 상관없이 경련하고, 입안에서는 낮고 쉰 목소리가 새어나왔다. 그것은 분명 내 목소리가 아니었다.

너는 곧 나다!! 그리고 나는 곧 너이기도 하지!!! 아쉽게도…… '숙주' 스스로가 허락할 때까지 기다릴 수밖에 없다.

네가 저항만 하지 않았다면 넌 벌써 판타스마의 주인이자 어둠의 왕이 되었을 터!!

이질적인 둔탁한 박동만이 귓가를 울렸다. 그것은 나의 심장이 아니라, 또 다른 존재의 심장이었다. 숨을 내쉴 수조차 없다. 어둠이 속삭였다. 너무나도 부드럽고도 매혹적이어서, 거부할 수 없는 속삭임……. 무릎이 꺾이려는 순간, 그 안에서 불씨처럼 깜빡이는 작은 기억 하나를 움켜쥐었다.

유나의 눈물…….

그리고, 피에 젖은 손을 감싸안고 닦아주며 "끝까지 지켜줄게……"라고 내가 약속했던 그 말이 떠올랐다.

그 기억이 바람처럼 뇌리를 스쳤고, 동시에 심장 속 어딘가에서 불꽃이 튀었다. 어둠이 나를 집어삼키려는 그 찰나, 내 안에서 무언가가 외쳤다.

"그 따위 누가 원한다고! 시끄러—, 꺼져버렷……! 윽……."

그 외침은 작았지만, 확실했다. 어둠이 갈라졌다. 단 한 순간, 그 틈 사이로 눈부신 빛이 다시 들어왔고, 검은 안개는 밀려나가기 시작했다.

널 낳은 여자와 빛의 족속들이 쓸데없는 짓을 하는 바람에 이젠 나도 기다리다 지쳤다.

스스로 받아들이지 않는다면 널 굴복시켜서라도…… 내 것으로 만들 수밖에…….

다시 몸이 찢기고, 뼛속까지 타들어가는 끔찍한 고통이 밀려왔지만…… 나는 끝까지, 이를 악물고 버텨냈다. 포기하지 않았다.

그녀를 위해서…….

그녀의 눈물, 그녀의 미소, 나를 부르던 떨리는 그 목소리…….

그 모든 기억이 가슴 깊은 곳에서 불씨가 되어 타올랐다.

아무리 어둠이 덮쳐도, 그 불은 꺼지지 않았다.

나는 무너지지 않았다.

몸은 이미 너덜너덜했다. 살은 죄 찢기고, 숨조차 제대로 쉴 수 없었지만……,

심장만은, 아직 살아 있었다.

그리고 마침내……

그 거대한 어둠의 힘이 흔들렸다.
더욱 틈이 생겼고, 나는 그 틈을 놓치지 않았다.

그 힘을 밀어냈다.
다시 한 번 지옥 같은 고통 속에서도, 나는 어둠을 꺾었다.

그녀를 지키겠다는 맹세 하나로…….

어둠이 물러나자, 등 뒤를 짓누르던 흉측한 날개도 조용히 사라졌다. 마치 처음부터 존재하지 않았던 것처럼. 살을 찢고 솟구치던 날개가 사라지자, 몸이 아닌 마음이 먼저 가벼워졌다. 등 뒤로 스며들던 바람이, 이제는 고통이 아닌 자유처럼 느껴졌다.

고통의 흔적이 가득한 온몸을 조용히 물로 씻었다. 어둠과 싸운 흔적이 아직 내 몸에 들러붙어 있다. 살갗은 상처로 얼룩졌고, 손에는 아직 말라붙은 피가 묻어 있었다. 더러움은 하나하나 씻겨 내려갔지만, 마음속 깊은 곳에 아직 남아 있는 불안은 그대로였다.

차가운 물이 피부를 스치자, 뒤엉켰던 감정들이 가라앉았다. 깨끗이 씻은 몸 위에 새 기사복을 입었다. 허리에 검을 차고, 마지막으로 장갑을 끼며 파프너를 다급히 불렀다.

“이제, 유나를 찾을 차례다. 저놈이 다시 나타나기 전에 유나를 빨리 저쪽 세계로 보내야만 해.”

파프너의 위에 오르자마자 마음이 더 급해졌다.

유나는 쉽게 찾을 수 있었다. 둥켈성부터 멀지 않은 폐허가 된 마을에 있었다.

그녀는 놀랍게도 그 사이에 또 성장했다.

어떻게 이런 상황 속에서 그녀가 계속 성장을 거듭할 수 있었는지, 그녀의 강인함에 놀랐다. 아니, 두려울 정도로 경이로웠다. 이토록 깊고 단단하게, 가늠조차 되지 않는 그 사랑의 깊이에…….

그녀의 성장이 나를 향한 마음에서 비롯된 것이라면…….

나를 향한 사랑 하나로, 이토록 눈부시게, 계속 성장을 할 만큼 그녀는 큰 사랑을 품고 있단 말인가? 더욱이 지금 이런 나를 상대로……. 이 얼마나 사랑스럽고 아름다운가? 너무나 숭고한 그녀의 사랑에 마음이 저려왔다.

나는 그녀에게 구원받았다. 그녀의 사랑은 단순한 애정이 아닌, 어둠을 뚫고 나를 되살려낸 하나의 기적 같았다.

유나는 나를 발견하고 그토록 반가운 목소리로, 그토록 맑고 빛나는 미소를 지으며 큰소리로 내 이름을 부르며 달려왔다. 망설임 없이, 두 팔을 벌려 내게 달려왔다. 작은 체구로 안겨온 그녀의 온기는, 그 어떤 갑옷보다도 따뜻했고, 그 어떤 마법보다도 날 무너뜨렸다.

그녀는 주저 없이 내게 안겼다. 망가진 나를, 무너진 나를, 상처투성이인 나를 사랑하겠다는 듯이…….

"다친 곳은 다 나았어?"

"피투성이가 되었잖아? 가슴이 아파 죽을 것 같았어……. 그때 리이노가 무사하지 않았다면 아무리 레온과 에렌이라도 용서할 수 없었을 거야."

아……. 날 염려해서 볼멘 투정 어린 말투로 속삭이는 그녀의 목소리에 삽시간에 치유받고, 나는 이 작고 따뜻한 몸을, 조심스레 받아 안으며, 이 사랑이 얼마나 큰 것인지……. 그 무게를, 온몸으로 느낄 수밖에 없었다.

"난 그렇게 쉽게 죽거나 하지 않아. 곧 데리러 온다고 약속도 했잖아?"

"응—. 그래서 힘들어도 참을 수 있었어. 나……, 리이노를 다시 만날 때까지 용기를 내면서 기다렸단 말이야……."

"기다린 보람이 있었군……. 몰라보도록 또 멋지게 성장을 했구나. 유나……."

"쭈욱 리이노만 생각했으니까……. 리이노가 날 이렇게 성장시킨 거나 마찬가지야."

아……. 이제 그녀는 내가 알던 옛날의 그 꼬마가 아니었다. 어느새 멋지게 성장하여, 자신만의 방식으로 세상을 마주하고, 상처까지 품에 안을 수 있는 더 깊은 사람이 되어 있었다. 그녀의 눈빛엔 흔들림이 없었고, 짧은 한마디에도 누군가를 지켜내려는 다정한 힘이 스며 있었다. 이토록 찬란한 모습으로, 다시 내 앞에 선 그녀를 보며, 말로 다 할 수 없는 벅찬 감동이, 잔잔히…… 가슴을 울렸다.

"집에 보내 줄게……."

“이제 더 이상 여기 있을 필요가 없지? 이젠 여왕이 아니어도 상관없으니까 ‘의무’ 같은 것도 없을 테고…….”

“리이노. 왜…… 갑자기?”

“걱정 마! 내가 인정한 여왕은 너 하나뿐이야. 앞으로 어떤 여자에게도 기사의 맹세를 하거나 여왕을 만들지 않을 거야! 그럼 우선 파프너를 불러볼까? 시공을 이동할 땐, 그 녀석이 필요하니까.”

유나의 반응이 의외였다. 표정 또한 어두웠다. 뭔가를 망설이며 힘겨워하고 있었다.

“왜…… 그래?”

“내가 정말 가버려도 좋아?”

설마……. 그녀가 지금, 떠나는 걸 망설이고 있는 건가? 그토록 그리워하던 집. 그렇게 간절히 돌아가고 싶다던 곳인데……. 드디어, 그녀가 원하던 집으로 갈 수 있게 되었는데…….

“내가 가버려도 좋은 거야? 날 보내버려도 좋은 거냐구? 그렇게 해도 괜찮아?”

“네가 바라는 일이지? 이유는 그것만으로도 충분하지 않아?”

“리이노는 내가 가고 없어도 괜찮은 거야? 사실은 그게 아니잖아? 아닌 거잖아? 내가 좋다면서 날 보내버려도 되는 거냐고?”

나는 안다.

유나에게 가족은 모든 것이다. 그녀가 여기 판타스마에서 지금껏 좌절하지 않고 버티며 살아온 이유이기도 했다. 그리고 지금, 그녀는 나를 위해 그녀의 모든 것인 집으로 갈 수 있는 기회도 버린 채 나를 선택할 테니 붙잡아 달라고 한다. 나를 위해 힘들고 험한 길을 선택하고 나와 함께 가겠다고 말하는 그녀가 사랑스러워서……, 아프도록 사랑스러워서……. 나는 그녀의 용기와 사랑에 그 어떤 말로도 부족해서 그저 그녀를 끌어안았다.

"그럼 날 위해 남아줄 수도 있다는 거야? 네가 왔던 곳으로 돌아가지 않아도 좋다고?"

"리이노를 두고 가는 게 싫어. 그런 생각을 하는 게 너무 괴로워……. 언제나 돌아가고 싶었던 곳이었는데 왜 이런 생각을 하는 건지 모르겠어."

"판타스마가 아니라…… 날 위해 남아주겠다고……?"

"언제나 리이노 때문이었어!! 내가 판타스마에 있었던 이유는—."

그것이 유나 네 마음이라고……? 그것이 진심이었어……? 유나는 모든 걸 버리고 나와 함께하고 싶다고 한다.

두근——!!!

아아……. 이건!! 하필 지금 이 순간! **검고 서늘한 기척이 다가온다…….** 피를 타고 흐르며, 서서히 정신을 잠식해오는 낯선 감각!! 내 안에 잠들어 있던 어둠의 힘이 또다시 혈관을 타고 퍼지면서 거세게 꿈틀거리고 있었다.

'안 돼——!!!'

몸이 비명을 지르고, 시야가 흔들렸다. 숨결이 조각나고, 심장은 짐승처럼 날뛰며, 등줄기를 타고 타오르는 듯한 날카로운 통증과 함께 등근육을 찢고 또 그 흉측한 날개가 삽시간에 돋아났다.

"유나……. 떠……, 떨어져……. 어서 내게서 떨어지라고……!!"

……차가운 돌바닥 위에서 깨어났다. 또 정신을 잃었나 보다.

땀에 젖은 손, 어지러운 머리, 그리고 기억나지 않는 시간들……. 주변을 둘러보자, 성의 어두운 저편에 유나가 쓰러져 있었다. 대체 언제 성으로 돌아온 거지?

헉……! 심장이 덜컥 내려앉아 달려가보니, 유나는 새하얀 얼굴로 미약한 숨을 내쉬고 있었다. 겨우살이 단검을 두 손에 꼭 쥐고…….

공포가 목을 조여왔다. 그 순간 나는 깊은 절망에 빠졌다!!

"내가 대체 유나에게 무슨 짓을 한 거지……?"

그녀의 고운 팔과 목에 남겨진 상처 자국들……, 찢긴 옷자락이…… 눈에 들어온 순간, 그것들이 전혀 기억나지 않는 자신이 너무나도 무서웠다. 나는 무릎을 꿇고 머리를 감싸 쥐었다. 자신이 사랑한 사람을 자신의 손으로 해쳤을지도 모른다는 공포, 그리고 어둠의 힘에 다시 잠식당해버린 자신의 무기력함.

언제 다시 또 어둠의 힘에 잠식될지 모른다는 공포……. 그 순간 또다시 손에 피를 묻힌다면…….

그게 사랑하는 그녀라면.

나는 버틸 수 없었다.

벽에 손을 짚고 한참 동안 숨을 몰아쉬었다. 손끝이 떨렸다. 눈앞이 아찔했다. 마치 자기 자신이 낯선 괴물처럼 느껴졌다.

'난 유나 곁에 있어선 안 돼…….'

그녀를 지키고 싶었고, 그녀의 곁에 있고 싶었지만— 바로 그렇기 때문에, 자신이 가장 먼저 사라져야 할 존재라는 사실이 나를 천천히 무너뜨리고 있었다.

오지 마—.

어두운 방안에 숨소리마저 죽이며 가만히 웅크리고 앉아 있는데 문소리가 났다. 유나가 나를 찾아왔다. 나는 스스로 고립되길 원했다. 내 안에 꿈틀대는 그 어둠의 힘이 또 그녀를 향할 거라는 생각만 해도 두려웠다.

“내가 아냐……. 널 이 성으로 데려온 것은 그놈이다. 내가 정신을 놓아버린 틈에. ……제길……. 널 저쪽 세계로 데려다주려고 했는데…….”

유나는 내 말에 아랑곳하지 않고, 주저하지 않고 방으로 발을 들였다. 지금 그녀 자신이 나로부터 스스로를 지키지 못할 것을 알면서도 다가오려 했다.

“또 무슨 짓을 할지 몰라……. 그러니까 제발…… 여길 떠나……. 부탁이야……. 겨우살이 단검 때문에 잠시 가까이 가지 못하는 것뿐이지만 언제 또 너를…….

“리이노—. 그래도 함께 있고 싶어. 난 갈 곳이 없는걸……. 리이노 곁이 아니면……. 내 걱정은 하지 말고 제발 옆에라도 있게 해줘…….”

그녀는 알고 있었다. 내가 이 어둠으로부터 벗어날 수 없다는 것을. 그럼에도 불구하고, 나를 향해 손을 내밀고 있었다.

그녀의 손이 내 몸에 닿은 그 순간. 그 따뜻한 온기가, 내 안에 가라앉아 있던 어둠에 닿았다. 그건 마치 불씨 하나가 쌓여 있던 폭염의 재에 떨어진 것처럼…… 순식간에 폭발했다.

"……물러서!!"

나는 외쳤지만, 이미 늦었다. 숨어 있던 어둠의 힘이 심장 깊은 곳에서 솟구쳐 전신을 타고 퍼지듯 뿜어져 나왔다. 하지만, 그녀는…… 물러서지 않았다. 오히려 한 걸음 더 다가오려 했다. 그게 치명적인 거였는데…….

그녀가 한 걸음을 더 내디딘 순간, 나는 내 안의 어둠을 더 이상 제어할 수 없게 되었다. 주위의 온기가 무너지고, 방안은 온통 어둠으로 변해갔다. 바닥이 울리고, 벽이 흔들리기 시작했다. 내 시야는 일그러졌고, 맥박은 제멋대로 뛰었다.

"안 돼……. 오지 마!!"

내 안의 무언가가, 짐승처럼 포효했다. 어둠의 힘은 마치 의지를 가진 생물처럼 그녀를 향해 뻗어갔다. 그녀를 삼켜버릴 것처럼.

사랑하는 사람을 품으려는 손이, 지금은 해를 끼치려는 칼날이 되어 있었다.

그녀의 머리카락이 흔들리고, 옷자락이 어둠에 휘말릴 뻔한 그 순간—.

나는 그 모든 것을 붙잡고자, 온 힘을 다해 나 자신을 억눌렀다.

"……**제발**……!!"

심장은 찢어질 듯이 뛰었고, 정신은 무너져 내렸다. 하지만 마음속 한 가닥, 그녀의 손길이 닿았던 그 따뜻한 기억이 내가 완전히 무너지지 않도록 붙들고 있었다.

어둠은 포효했고, 나는 무너졌다. 하지만 그녀는…… 끝까지 내 곁에 있었다.

……젠장……. 아까 내가 있던 장소가 아니다!!! 또 그놈이……, 크윽……. 윽…….

통증이 심장을 꿰뚫고, 숨이 끊어질 듯한 고통이 온몸을 덮쳤다.

그 고통 속에서 날카로운 어둠의 비명 소리가 나의 영혼을 찢고 지나갔다. 숨이 끊어질 듯한 고통과 함께 무언가가 산산이 부서졌다. 심장뿐만 아니라, 영혼 깊숙한 곳까지 고통이 파고들었다. 그리고 그 순간, 내 안에 자리잡고 있던 어둠이 비명을 지르며 형체도 없이 무너져 내렸다.

유나의 겨우살이 단검이다!!!!!

그녀의 손에서 쏟아진 마지막 희망의 빛이, 나의 심장의 깊은 어둠을 꿰뚫었다.

눈을 떴을 때, 나는 더 이상 어둠의 힘에 잠식된 상태가 아니었다. 손은 떨리고, 심장은 아직 아프게 뛰고 있었지만, 정신은 맑았다. 나는 살아 있었다.

그리고…… 내가 본 것은 차가운 돌바닥 위에 쓰러진 유나의 모습이었다.

숨이 멎을 것만 같았다.

유나는 눈을 감은 채 미동도 하지 않았고, 그녀의 목에는 피로 물든 날카로운 흔적 하나가 선명하게 남아 있었다. 마치 무언가가 그녀의 생명을 앗아가려 했던 듯…… 아니, 아마도 그 어둠이 마지막 발악을 한 것이리라.

떨리는 손으로 그녀의 얼굴에 손을 가져갔다. 미세하지만 아주 희미한 숨결이 손끝에 닿았다. 나는 안도하며 유나를 품에 안았다. 그녀의 미약한 맥박이 나의 가슴에 닿았다. 눈가가 뜨거워졌다. 그리고…… 익숙지 않은 따뜻한 것이 뺨을 타고 흘렀다.

가슴속 어딘가, 언젠가부터 굳어 있던 무언가가 마침내 녹아내리고 있었다……. 태어나서 처음이었다.

인간의 목숨은 그렇게 쉽게 끝나는 것이 아닌 듯하다. 에렌 휘르스트는 한쪽 눈을 잃었지만 아직 살아 있다. 유나는 정신을 잃었지만 기다리면 깨어날 듯하다. 아마 크게 충격을 받았을 것 같다.

내가 정신을 잃은 사이 어둠의 주인은 에렌을 유린하고, 아마도 유나가 그것을 저지하기 위해 겨우살이 단검을 내 심장에 꽂은 것 같다. 너무나 무모한 행동이다. 자칫하면 그녀가 먼저 죽을 수도 있었다.

나는 겨우살이 단검 덕분에 원래의 모습으로 돌아왔다. 아마 가슴에 있는 이 검을 뽑으면, 다시 어둠의 기운의 지배를 받을지도 모른다. 그나저나 출혈이 계속되고 있어서 이 상태가 지속되면 아무리 불사의 몸으로 오랫동안 견딘 이 몸도 결국 버티지는 못할 거다. 그전에 유나를 데려다줘야 한다. 그녀가 왔던 곳으로…….

에렌 휘르스트가 깨어났다. 한쪽 눈을 잃고 피투성이가 된 채.

내가 정신을 차리기 전까지 유나를 지켜준 듯하다. 결국 에렌 휘르스트마저도 유나와 함께하기 위해 가문의 전통과 판타스마를 버리고 여기까지 함께 왔다는 건가…….

"미안하지만, 네 눈 한쪽은 이미 아까 **그놈**이 해치워버렸다. 유나가 말리지 않았다면 아마 두 눈 다 멀쩡하지 못했을 거야……."

"유나는?"

그는 깨어나자마자 유나의 안부부터 물었다. 유나는 내 무릎 위에 눕혀두었다. 창백한 얼굴로 미동도 없이 잠든 듯 쓰러져 있는 그녀의 모습을 지켜주고 싶었다. 지금 이 숨소리가, 이 체온이, 이 순간을 마지막으로 사라질까 봐 숨조차 쉴 수 없었다. 마치 깨지기 쉬운 유리처럼 위태로워 보였다.

"걱정 마……. 잠시 기절한 것뿐이야……."

"그……, 그럼 넌?"

"아까…… 왼쪽 가슴에 맞은 이 검 때문인지…… 이상하게 내 속의 어두운 기운이 기를 못 쓰는 것 같아."

"설마…… 그래서 일부러 뽑지 않는 거야? 그 검을……!!!"

공기를 통해 희미하게 타는 냄새가 흘러든다. 단순히 나무 타는 냄새가 아니다. 기름에 불을 붙인 매캐한 냄새다. 불이라도 지른 모양이다. 성밖 멀리서 함성도 들린다. 이 성을 함락이라도 시켜야 직성이 풀릴 모양이다.

"유나는 석성 말고 너도 움식일 수 있다면 빨리 여길 떠나라……. 아까부터 뭔가 타고 있는 것 같은데……."

"유나는 어쩔 셈이냐?"

이 에렌 녀석은 유나에게 진심이었던 듯하다. 그녀를 정말 사랑했던 거다. 그렇지 않고서야 결혼식까지 올린 뒤에도 그렇게까지 그녀를 지켜주려 하진 않았을 거다.

"정말 사랑스럽지? 많이 좋아했는데…… 나도 맘대로 할 수 없었다……. 상처받는 것을 보는 것이 더 무서웠기 때문이었을까? 원하는 건 뭐든지 다 들어주고 싶었거든. 내가 엉망진창이 되는 한이 있더라도……. 그런데 막상 그녀를 위해 해줄 수 있는 것이 별로 없더라고."

준 것보다 받은 것이 많았다는 것을 새삼 깨닫게 되었다.

"키스 같은 것보다 웃는 모습을 보는 것이 더 황홀하다는 것을 알게 해줬지……. 훗……."

그녀의 잠든 얼굴을 가만히 바라보자 내 안의 온갖 감정이 밀려들었다.

죄책감, 안도, 그리움, 그리고—

사랑.

말 한마디 없이, 그녀는 지금도 나를 무너뜨리고 있었다. 그리고 나를 다시 일으켜 세우고 있었다.

세상이 무너지는 이 와중에도 아니, 어쩌면 그렇기 때문에 더더욱 이 순간이 믿기지 않을 만큼 소중하게 느껴졌다.

그녀가 숨 쉬고 있다는 사실 하나만으로, 마음은 충만했고, 가슴은 벅찼다. 불길이 성을 태우고, 죽음의 문턱을 넘고 있지만……. 그녀를 품에 안고 있는 지금, 나는 오히려 행복했다. 비로소 살아 있다는 게 어떤 감정인지, 이 짧은 고요 속에서 처음으로 느낄 수 있었다.

"유나는……, 유나는 너랑 함께하려고 이 성에 왔는데……."

"너와 함께 죽을 생각으로 왔단 말이야!! 그런데 네놈이 어떻게 유나에게 그럴 수가……. 유나가 선택한 것은 네놈이잖아!"

그토록 재수없고 한 치 흐트러짐도 없던 에렌 휘르스트가 사람다운 표정으로 간절하게 외치며 우는 걸 처음 봤다.

"결국…… 유나가 가장 원하던 게 나랑 같이 죽는 거라고? 누구 좋으라고?"

"무슨 소리야? 유나는 네 정체를 알고 있었어. 네가 판타스마를 멸망시킬 어둠족의 후계자라는 것까지."

"무슨 말이지……?"

말도 안 되는 말을 들은 심장은, 이상하리만큼 빠르게 뛰기 시작했다. 그동안 의심해왔던 것들이, 기억 저편에 묻어둔 장면들이 한순간에 바람처럼 밀려들었다. 설마……? 순간 충격으로 숨을 쉬는 것조차 고통스러웠다.

에렌은 마치 오랫동안 참고 눌러왔다는 듯 잔인한 진실들을 망설임 없이 쏟아내기 시작했다.

"넌 판타스마를 파멸시킬 존재야! 네가 성장하면 이 판타스마는 끝장이라고! 그래서 유나는 스스로 너와 마지막을 함께할 생각으로……. 그래서 여기까지 왔는데……. 그랬는데……, 제기랄……."

지켜야 할 세상을 파괴할 운명을 가졌다는 이 아이러니에 숨이 턱 막혔다. 모든 조각들이, 지금에서야 맞춰진다……!! 그래서 결국 내가 이 피로부터 벗어날 수 없었던 건가?

아……. 이제야 혁서의 저 편지도 이해되었다. 혁서가 무엇으로부터 나를 지키려고 했는지…….

그리고 무엇이 나를 지켜주고 있었는지…….

유나가 판타스마를 구하고 또 그런 날 품어주기 위해 자신의 모든 것을 버린 것도…….

그래. 나는 어둠의 피를 가졌다.

세상이 두려워하는 그 저주의 피.

나는 그것을 증오하지도 않았고, 회피하려고한 적도 없었어.

오히려 마주했고 받아들였고 언제나 이겨냈지…….

'어둠'이 나의 일부였을지 모르지만.

하지만 그것이 '내가 어둠이라는 뜻'은 아니다!

이 피가 판타스마를 멸망시킬 수 있었다지만,

난 결국 끊임없이 그 어둠과 싸웠고 지금까지 이겨냈어.

그리고, 그때마다 혼자가 아니었어.

무엇보다 내가 끝내 인간으로 남을 수 있었던 건

언제나 내 곁에서 날 지켜준 빛이 있었기 때문이다.

"나는 여전히 나 자신이다……. 기사든…… 뭐든."

"고맙군……, 에렌 휘르스트……. 진실을 말해줘서……. **이제야 내가 무엇과 싸웠는지 알겠군…….**"

"됐어. 맘대로 해……. 이 빌어먹을 악마 놈아……. 그녀가 만약 그대로 죽게 되면 내가 귀신이 되어서라도 끝까지 널 따라다니며 용서하지 않을 거다. 그러니 그녀를 집으로 보내줘……."

유나를 위해 만들어둔 방의 침대에 그녀를 눕혀 두고 조용히 일어섰다. 몸을 씻고 새 기사복으로 갈아입었다. 옷 매무새를 가다듬고 파프너를 데리고 다시 방으로 돌아왔다.

"리이노……. 리이노……, 살아 있었구나……. 꿈인 줄 알았어……."

유나가 드디어 깨어났다.

우리들의 첫날밤을 위해 새로 꾸민, 그 방에서 그녀는 깨어났다. 다행히 여기는 성에서 제일 높고 외부와 떨어진 방이라 화재나 밖에서 계속되는 소란도 여기서는 들리지 않는다.

"꿈이 아니야……. 이젠 괜찮아. 넌 살아 있어."

유나의 손을 꼭 잡아주었다. 그녀는 눈동자에 눈물이 고이면서도 웃어주었다. 세상이 무너지든 파멸하든, 주변의 아우성이나 소란 따위 아무런 상관이 없다고 생각했다. 이 순간만큼은 모든 게 멈추길 바랐다.

"리이노. 살아 있었구나……. 그 검은 아직도……? 괜찮아?"

"네가 준 건데…… 함부로 버릴 수 있겠어? 덕분에 칼을 맞고 정신을 차렸지……."

"에렌은?"

아……. 그렇지……. 유나는 늘 터무니없을 정도로 자비롭지……. 에렌이 염려되는 건 당연하다. 유나에게는 에렌 또한 중요한 사람이다. 그를 구해야만 그녀는 안심할 수 있을 테지.

"난 이제부터 쭈욱 리이노 거니까 에렌을 구해줘. 날 정말 사랑한다면 에렌을 살려줘……."

조금만 늦어도 에렌은 위험할 뻔했다. 일 층 회랑엔 화염과 연기가 가득했다. 그가 살아야 유나가 원하는 판타스마가 계속될 거다. 그는 판타스마에 중요한 재상이 될 인물이고, 아마 유나의 정책이나 이상을 실현시켜줄 수 있을 것이다.

"널 구해주지 않으면 유나는 꼼짝도 안 하겠대……. 집에 보내준다는데도……."

피투성이가 된 에렌을 부축해서 파프너가 있는 곳까지 가야 한다. 나도 슬슬 체력의 한계가 왔다. 하지만 유나의 부탁이니 힘들어도 끝까지 해야 한다.

"훗……. 다행이군. 아……. 이대로 죽고 싶었는데……. 그럼 평생 그리워하지 않아도 되잖아……. **내 아내**를 안전하게 잘 데려다줘……."

"네놈이 쉽게 오갈 수 있는 공간이 아니라서 다행이군……."

"쓸데없는 질투하지 마! ……참……. 이것 좀……."

에렌이 작은 병을 건넸다. 아주 소중한 듯이 계속 손에 쥐고 있었나 보다.

"히멀의 비약이야. 눈을 떴을 때 제일 처음 본 남자를 사랑하게 된다나 뭐라나……. 집에 보내기 전에 먹여줘. 여기에서의 추억을 안고 살아가게 하는 건 너무 잔인하잖아?"

순간, 심장이 바나으로 곤두박질치는 듯한 감각을 느꼈다. 유나의 행복을 위해서라면 목숨도 내놓을 수 있다고 생각하던 나는, 머리로는 이해했지만, 그녀의 마음에서 내가 사라지는 건 생각도 해본 적이 없었다.

니에게 전부였던 그 모든 것이 이제 그녀에겐 아무 의미 없는, 존재조차 하지 않는 것을 받아들여야 한다.

에렌은 처음부터 그 모든 것을 각오하고 여기까지 왔다는 거겠지.

"사랑의 묘약이야. 아마도 저쪽에서 만난 남자랑 다시 행복해질 수 있겠지……. 원래는 널 잊게 하려고 만든 건데…… 너도 잊고 나도 잊고……, 모두 잊어버릴 수도……. 후후……. 어때, 공평하지?"

"잘도 지껄이는군."

에렌을 안전한 곳으로 데려다주기 위해 파프너를 타고 공간을 이동해야 하는데, 이 정도의 이동에도 몸이 힘들게 반응을 한다.

"이봐, 괜찮은 거야?"

"넌 남 걱정 말고 기절해서 떨어지지 마! 유나가 살라고 했으니 넌 살 궁리나 하라고!"

시공을 넘나들 때 가슴에 박힌 칼이 잘 견뎌줘야 하는데……. 몸에 열린 곳이 있으면 그대로 영원히 가버릴 수도 있고……. 어쨌든, 그녀를 안전하게 보낼 수 있을 때까지 내 몸이 잘 견뎌주었으면 좋겠는데…….

"임무 완수하고 왔습니다, 여왕님!"

유나는 침착한 태도로 밝고 환하게 웃으며 나를 반겨주었다. 언제나 저 미소에 나는 치유받는다.

이제 유나는 그 모든 여정을 지나, 나조차 감히 쉽게 손댈 수 없는 빛이 되어 다시 내 앞에 있다. 나는 그저 그녀를 바라보는 것만으로도 숨이 벅차오른다.

어쩌면 이토록 찬란한 사람을 사랑하게 된 내가, 가장 큰 축복을 받은 걸지도 모르겠다.

"정말 멋진 기사님이야~. 내가 반할 정도로……!"

"그렇다면 키스를……."

그녀는 눈을 감았고, 세상에서 가장 고결한 얼굴로 내게 입술을 내주었다.

"그동안 고생시켜서 미안해……."

"나도 미안해……. 칼로 찔러버려서……."

나는 천천히 고개를 숙였다. 마치 기도하듯, 경건하게 그녀의 입술에 닿은 그 찰나, 가슴 깊은 곳에서 벅찬 감정이 밀물처럼 밀려왔다.

고마워……. 살아줘서. 언제나 씩씩하게 웃어줘서.

그리고…… 나를 사랑해줘서…….

그 입맞춤에 말로 다 전할 수 없는 수천의 말과, 전하지 못한 모든 마음을 실었다. 슬픔도 있었지만, 그보다 훨씬 더 큰 사랑과 감사, 앞으로 그녀가 겪을 모든 여정에 대한 축복이 있었다.

유나…….

내가 사라져도, 너의 세상에서

언제나 너의 곁에 머물 거야.

보이지 않아도,

나는 바람이 되어 너에게로 날아갈 거야.

너의 뺨을 스치는 한 줄기 바람이 되고,

그 고운 머리카락을 살며시 간지럽히며 흔드는 숨결이 되고,

네 입술에 닿기만 해도 가장 행복한 순간이 될 거야.

그것만으로도,

나는……

다시 살아가는 것처럼 기쁠 거야.

후기
작가의 말

〈여왕의 기사〉를 시작하고 대략 26년의 시간이 지났다. 당시 연재를 시작했던 잡지 「파티」는 어린 십대 소녀들이 주 타깃이어서 연출이나 표현에 있어 당시의 독자들이 이해할 수 있는 수준에서 표현하려고 노력을 했다.

〈여왕의 기사〉가 끝나고 20년이 지나서야 비로소 작가인 나도 객관적으로 자신의 작품을 볼 수 있었다. 그리고 리이노의 입장에서 볼 수 있는 이야기도 함께 담아보고 싶었다.

비현실적인 설정이긴 하나 그에게도 인간(?)으로서의 고뇌와 성장이 있고, 또 생략된 사랑 이야기도 있어서 독자와 함께 나누고 싶었다. 20년이 지난 후에도 그 옛날 이 작품을 기억하는 독자들에게 바치는 감사의 메시지로서……,

마지막으로 학산문화사와 파티 편집부, 26년 전 저와 함께했던 담당 기자님들, 어시스턴트……, 모든 분들에게 감사드린다.

2025년 12월 김강원

〈여왕의 기사〉 소설

리이노의 이야기

The Narrative of Rieno

저자 김강원
발행인 정동훈
편집인 여영아
편집책임 이승희, 박윤경, 임지나
제작 김종훈, 한상국
디자인 한미애, 최은정, 이선유
발행처 (주)학산문화사

서울특별시 동작구 상도로 282 학산빌딩
영업부 828-8986
편집부 828-8862
FAX 816-6471

1995년 7월 1일 등록 제3-632호
값 17,000원

ISBN 979-11-411-7847-5 03810
http://www.haksanpub.co.kr